CTHULHU
MYTHOS

CTHULHU
MYTHOS

克苏鲁神话

克苏鲁的召唤

【美】H.P.洛夫克拉夫特·著

屈 畅／赵 琳·译

中国友谊出版公司

我认为世间最大的仁慈，

莫过于人脑在融会贯通上的局限。

———

【目录】

译者序

很荣幸能参与这部《克苏鲁神话：洛夫克拉夫特全集》的翻译与制作。

说到"克苏鲁神话"，很多朋友就会由衷地兴奋起来，他们会拿出"章鱼头"的装饰品，或者学两句"克总发糖"之类的可爱句子。的确，今日随处可见的各类游戏、影视作品中不乏"克苏鲁神话"的身影，它早已成为文化生活的常见元素。对许多读者和观众来说，若完全没接触过貌似高深的"克苏鲁学"，仿佛是一件很没面子的事；对制作方而言，每样作品多少带上那么一点"克苏鲁"色彩，又显得非常时髦。

"克苏鲁神话"究竟是什么呢？首先，它来自20世纪上半叶美国作家霍华德·菲利普·洛夫克拉夫特的小说创作（此后，又有许多同时代和后辈作家参与进来）。自18世纪60年代第一次工业革命开始以来，人类的精神面貌和物质生活发生了天翻地覆的变化，告别了以自然经济为主的"古典时期"，接着大步迈向科技的新时代。人类的主流思潮一度非常乐观，自认为无所不能，相信科技的进步代表永恒的光明，然而并非所有个体都乐意无条件"向前看"，进步本身亦时刻伴随着挫折与局限，久而久之，这些都会反映到文化之中。洛夫克拉夫特的"克苏鲁神话"就是新思潮的一种，在洛氏的故事架构中，宇宙的维度和内涵远超人类认知和人类科技的涵盖范围，宇宙比人类想象中要宏大得多，盲目乐观的人类一直被神秘未知、强大无比且往往怀有恶意的力量操弄于股掌而不自知，人类对过去、对宇宙的探究所发掘出的些微"真相"，往往会以自身理智的崩溃为代价，即俗称的"SAN 值掉光"[1]或"被吓疯"。

　　"克苏鲁神话"是抱着上述"机械唯物主义"的思维范式来讲故事的，故事里充斥着超越人类认知维度、时空上极为悠远的造物与存在——所谓"克苏鲁"，就是洛夫克拉夫特创造的来自外星的可怕"古神"之一。人们常说洛氏"反科学"，但他的"反科学"与蒙昧时代先民对开天辟地的丰富想象并不相同。远古神话的诞生是因为人类对宇宙的了解太少，只能通过"讲故事"的方式来填充空白、达成共识，塑造共同的纽带，而洛夫克拉夫特本身是个无神论者，他立足于科技时代，以冷静到近乎冷漠的态度否决人类自命为宇宙征服者的身份，将其打回渺小、无知的"原形"，宣布其离掌握宇宙的"真相"还山高水远。从文坛大局看，一方面，我们有

---

[1] SAN 值掉光：SAN 是 sanity 的缩写，意为理智，SAN 值即理智指数，一旦 SAN 值掉光，人就会失去理智，崩溃癫狂。

不断进步的科技和蓬勃发展的科幻作品，用技术和关于技术的想象来打破思维和感受的界限；另一方面，"克苏鲁神话"别出心裁地在科技和科幻之上又笼罩一层"不可知"氛围，从另一个方向延伸想象的界限。可以说，这就是"克苏鲁神话"开宗立派、经久不衰的最大魅力之所在。

然而，洛夫克拉夫特无力或者说无意将"克苏鲁神话"模式化、体系化、设定化，因此"克苏鲁神话"的边界一直是模糊的。在洛夫克拉夫特创作的无数恐怖故事、惊悚故事、悬疑故事和神秘小说中间，你很难确切地判定某某必然属于"克苏鲁神话"，某某必然不是。很多读者面对如今看似庞杂的"克苏鲁神话"相关作品，似乎第一感觉就是门槛颇高，"诚惶诚恐"。他们往往会提出这类问题：来自外太空的"古神"究竟有哪些？这些"古神"（或更小众的称呼"旧日支配者"）在"克苏鲁神话"中彼此关系为何？分别是何等"神职"？怀有何种"神力"？……得到的则是林林总总貌似高深，但往往语焉不详乃至互相矛盾的解释。其实那些解释大都不属于洛夫克拉夫特本人。如前所述，洛氏试图传达的是一种思维范式、一种看待宇宙的态度，并为此创造和反复使用了某些基本概念（如"克苏鲁"、《死灵之书》等），但绝大部分设定乃是后人肆意发展，乃至穿凿附会的结果。

因此，要想感受和欣赏"克苏鲁神话"，新读者和"圈外人"大可放宽心态，不必拘泥于网上看到的各种改编和科普。正所谓一千个人心目中有一千个哈姆雷特，每一个不带成见地阅读洛氏作品的人，势必也能在心中构建自己的想象空间和恐怖世界。

"克苏鲁神话"的主要作品发表在 20 世纪上半叶的著名美国廉价小说杂志《诡丽奇谭》（*Weird Tales*）上，该杂志于 30 年代后期走向没落后，相关作品随之转入小圈子里流传，洛夫克拉夫特本人亦于 1937 年英年早逝——时年未满 47 岁。这些作品直到六七十年代经过再次发掘，方才为大众所广泛了解和赞赏，并如决堤之水，一发不可收。在中文出版界，自 21 世纪初以来，"克苏鲁神话"的概念及相关作品悄然涌入，单从小说译作上来讲，林林总总算来迄今已有六七种节译本或精选集问世。

这次推出的《克苏鲁神话：洛夫克拉夫特全集》预计为 8 卷（简称《全集》，可能会以增补资料的形式追加 1 卷），站在前人积累的基础上，我们试图把目标设定得更宏大，不仅是"百尺竿头，更进一步"，还要"青出于蓝而胜于蓝"。在此简单介绍本书的特色。

首先，《全集》不但包含洛夫克拉夫特亲笔和代笔撰写的全部小说，还包含所有他生前大力参与的合作小说及与"克苏鲁神话"相关的重要诗歌创作。洛夫克拉夫特作为"克苏鲁神话"最核心、某种程度上独一无二的创造者，其创作无疑具有"原典"性质，而他人的作品几乎都是根据洛氏的"原典"衍生的。洛氏在他的活跃时期，除了自身向杂志投稿，还与许多当时的作者合作，其中又多以为之代笔的方式，往往意在提携后进，如与泽利亚·毕晓普（Zealia Bishop）、海泽尔·希尔德（Hazel Heald）、杜安·W. 赖默（Duane W. Rimel）、R. H. 巴洛（R. H. Barlow）、E. 霍夫曼·普赖斯（E. Hoffmann Price）、C.M. 小埃迪（C. M. Eddy, Jr.）、亨利·S. 怀特黑德（Henry S. Whitehead）、阿道夫·德·卡斯特罗（Adolphe de Castro）、威廉·拉姆利（William Lumley）以及著名魔术师哈利·胡迪尼（Harry Houdini）等人的合作。经权威统计，在洛氏一生留下的 104 篇不同形态和长度的小说作品中（其中极少部分为残篇，另有一些早中期作品已散佚），有 33 篇属于代笔或合写。洛氏还专门以诗歌形式创作了一些"克苏鲁神话"故事，从中交代了若干至关重要的设定，而中文出版界此前往往忽略了该部分作品。如此一来，不但等于砍去洛氏近 1/3 的创作，还遗漏了《土墩》《耶格的诅咒》《穿越万古》《蜡像馆惊魂》《穿越银匙之门》《金字塔下》《约格斯的真菌》等诸多"克苏鲁神话"重要篇目，而这些在《全集》里统统能看到。

同时我们也注意到，一些后世创作的、署名上"号称"与洛夫克拉夫特合作的小说——尤其是洛氏去世后，"克苏鲁神话"的第二代"掌门人"奥古斯特·德雷斯（August Derleth）与洛氏"合写"的近 20 篇小说——大都只以洛氏的想法为灵感来源，不但洛氏本人没有多大参与度，它们甚至在某种程度上"扭曲"了洛氏的意图，这些作品我们将全部排除在外。简而言之，《全集》旨在排除衍生设定的"杂质",又包含所有"原典"内容,成为了解和享受"克苏鲁神话"的不二选择,让您纯粹、全面地通晓"克苏鲁神话"。

当然,从严格意义上讲,洛夫克拉夫特的 100 多篇作品并非均可归类于狭义的"克苏鲁神话"(如前所述,"克苏鲁神话"的定义和外延本无清晰界限),其中某些作品或可称作哥特故事、悬疑故事、噩梦残片乃至科幻故事等,但它们都是洛氏创作和思想经历中难以分割的一部分,且与核心的"克苏鲁神话"篇目存在千丝万缕的联系,或毋宁说共同组成了洛氏的"文学宇宙",因此《全集》将完整收录,不会厚此薄彼。

其次,《全集》的每一卷均包含若干经过仔细考证、细心设计制作的精美地图。洛夫克拉夫特是生活在 20 世纪上半叶且乡土观念非常浓厚的美国作家,小说里大量地名、人名和典故可谓信手拈来。然而今日的读者与之时空迥异,对过去的美国尤为陌生,洛氏小说中的许多叙述性语言,莫说是中国人,就算是当代的美国人也颇为头痛。我们相信,在优秀的译文之外,准确而又精美的地图对于理解小说和沉浸于"克苏鲁宇宙"至关重要。

值得一提的是,洛夫克拉夫特的世界不只包含现实部分,他还在马萨诸塞州创造了一个亦真亦幻的"洛夫克拉夫特国度",把阿卡姆镇、国王港、印斯茅斯等虚构地点穿插在真实的地理环境中。

我们在绘制地图时，将着力辨析相关位置，给读者以清晰明确的阅读体验。

再次，《全集》着力提高文本的准确性和流畅性。 如前所述，"克苏鲁神话"的部分篇目此前已有一种或多种译文问世，这些工作对于推广"克苏鲁神话"功莫大焉，而若说有什么美中不足之处，那就是个别文本还稍显艰深，乃至有点佶屈聱牙。事实上，洛夫克拉夫特的文字水平较高，形容词使用尤为繁多，且大部分作品的文法与当今的通俗小说有较大差异，进而容易导致译文为跟上节奏"贪多求全"，乃至左支右绌，无形中更给普通读者增加了不必要的阅读障碍。针对这些实际困难，《全集》遵循的语言原则于竭力追求准确性，并想方设法保留原文风格的基础上，可简单归纳为8个字——"宁求于精，勿失于冗"。实际上，汉语博大精深，从古到今就以字词凝练、表意灵活为长，可读性的改善正是《全集》鞭策自身、着力追求的要旨。

洛氏作品深厚的乡土感情和繁杂的时代风貌也是其阅读难点。以往的译作为此往往不得不做大量注释，用来解释小说中出现的人名、地名等，但这些注释多是18世纪至20世纪上半叶的文化和地理知识，对新读者来说未免枯燥，且时常打断阅读节奏（很多时候实际效果也不明显，如注释某某为画家，实际从正文已知此人为画家，若想解释清楚其经历及与小说文学意图的关联，又势必占据较大篇幅，并进一步增加作品与读者的距离感）。在《全集》里，相关的背景介绍大部分由地图直观地完成，行文中将尽可能自然而然、潜移默化地传递信息，（除非特别必要）不插入注释，以保证读者能相对轻松地享受小说。

当然，这并不代表我们对小说内容没有详加查证，恰恰相反，《全集》进行了庞杂的资料搜集，针对多部作品此前从未得到澄清的背景进行了深究，并总结了大量相关知识。若《全集》将来有望推出供研究者和发烧友品鉴的注释本，即可搭配被译者"隐藏"和删除的大量注释，此为后话。

此刻，您拿到手中的仅是《克苏鲁神话：洛夫克拉夫特全集》之中的一卷，如前所述，《全集》预计将分为 8 卷。在分卷方式上，我们不以单个作品的创作日期或出版日期等为依据，也不以作品篇幅或自身爱好为标准，而是企图保持每卷书的"主题性"（如"外星文明"、"梦境"传说、《死灵之书》等），让读者能清晰地看到洛氏作品的总体脉络和有机联系，同时带来别样的"联想"与"探索"的乐趣。

是为序。

屈畅

2021 年 2 月

克苏鲁的召唤

（已故的波士顿人弗朗西斯·韦兰·瑟斯顿留下的记录）

自极古早的年代……可能存活下来的主宰或生命……它们的意识寄身的形体早在人类的大潮涌现前便已隐退……仅有诗歌和传说捕捉到一丝浮光掠影，称之为神祇、怪物和群魔诸仙。

——阿尔杰农·布莱克伍德

（一）

黏土中的恐怖

我认为世间最大的仁慈，莫过于人脑在融会贯通上的局限。我们居住在辽阔黑海中的无知之岛，不需远航就能度过平静的一生。蓬勃发展的各门科学，迄今并未带来多大危害，但只怕知识碎片终究会被拼凑起来，揭示出可怖的真相及人类的骇人处境，以至于我们要么因此发疯，要么逃离那致命的启示，退回和平而安全的黑暗时代。

神智学者们早已阐述过宇宙的宏伟，认为人类和人类世界只是匆匆过客，他们暗示某些亘古长存的异状时会刻意换上泰然的语调，唯恐令听众胆寒。但我对太初禁忌的惊鸿一瞥并非来自他们，和所有可怕的揭示一样，那是考察貌似孤立的事件时的灵光乍现——于我来说是一张旧报纸和一位已故教授的笔记——却从此成为终身梦魇。但愿从今以后，没人重蹈我的覆辙，毫无疑问，我在世时绝不会为这可怖的探究提供方便。我相信该教授亦有意保持沉默，若非猝死，他不会留下笔记。

追根溯源，必须从 1926 年与 1927 年之交的冬天，我的叔祖乔治·甘默尔·安杰尔去世说起。作为罗得岛州普罗维登斯市布朗大学的闪米特语名誉教授，他生前是闻名遐迩的古代碑铭权威，各大博物馆的头脑时常向他请教，许多朋友或许还记得他于九十二岁高龄去世一事。当地人的兴趣主要在他神秘的死因：教授从新港返回下船时已感不适，目击者声称他自码头抄近路返回威廉姆斯街的住宅，却在坡道上被一个突然闪出阴暗巷弄的水手模样的黑人撞倒。医生们没发现任何明显症状，经过冗长的讨论，只笼统归咎为坡陡路滑，诱发老人心脏衰竭。当时我没理由提出异议，后来却产生了怀疑——极大的怀疑。

叔祖是个无嗣的鳏夫，我成了他的继承人和遗嘱执行者，有责任对其成就做综合整理，便把相关档案和遗物统统搬回了自己在波士顿的住处。绝大部分经我整理的材料将由美国考古学会发表，唯有一个谜一样的箱子我不愿公之于众。那箱子原本上了锁，在想起教授总是贴身放在兜里的那串私人钥匙之前，我无法打开它，然而打开之后迎接我的却是更大、更难解的谜团：箱内怪异的黏土浅浮雕为何物？那些漫无头绪的便条、手稿和剪报又代表什么？难道我的叔祖晚年竟深受迷信毒害？为告慰老人在天之灵，我决心查出浮雕的"始作俑者"。

那片浮雕大致呈矩形，厚不到一英寸，长宽分别为六英寸和五英寸，显是现代作品，却透出浓浓的古意。立体派和未来派艺术家虽不乏奇思妙想，却难以重现史前文字的神秘规律，偏偏浮雕上的符号似乎捕捉到了个中要义。更让人吃惊的是，穷极我对叔祖的论文和藏品的了解，亦无法辨认这些符号，甚至弄不清该如何为其归类。

这些可能的象形文字之上有一个绘像，但雕刻采用的印象主义手法令其颇为费解。那可能是个怪物或怪物的标志，唯有病态的想象才能构思出来。毫不夸张地说，绘像的气质令我联想到章鱼、恶龙和畸形儿的荒诞组合——它有一颗伸出若干触手的黏软脑袋、覆满鳞片的怪异身躯和发育不全的翅膀，整体轮廓触目惊心，身后则隐隐透出神话般的巨大建筑物。

除开大宗剪报，箱内材料均为安杰尔教授近来亲笔所写，内容非常直白。主要的手稿题为**"克苏鲁异教"**，这闻所未闻的名称被教授刻意加粗放大，似为避免误读。该手稿分两部分：第一部分的小标题是"1925年——罗得岛州普罗维登斯市托马斯街7号的亨·安·威尔科克斯的梦境及梦中作品"；第二部分的小标题是"路易斯安那州新奥尔良市比安维尔街121号的约翰·雷·勒高斯警探在1908年美国考古学年会上的口述、相关注释及韦伯教授的故事"。教授的其余文字均为简短的便条，有的是对各色人士梦境的记录，有的则是对神智学著作或刊物的摘抄（对W.斯科特-艾利奥特的《亚特兰蒂斯与失落的利莫里亚》摘抄尤多），还有对某些源远流长的秘密会社和隐秘教团的评论，并引用了弗雷泽的《金枝》、默里小姐的《西欧女巫教》等神话学和人类学著作中的经典论述。那些剪报的主要内容则是各地的异常精神疾病和1925年春暴发的群体性狂躁症。

手稿第一部分讲述了一则离奇的故事。1925年3月1日，一位相当神经质的黑瘦青年带着刚刚完成、还未干透的黏土浅浮雕找到安杰尔教授。这位青年的名片上写着"亨利·安东尼·威尔科克斯"，出自与我的叔祖略有交情的名门。年轻的威尔科克斯身为族中幺子，当时在罗得岛设计学院学习雕塑，独居于离学院不远的鸢尾花公寓。他是个早熟的天才，才华横溢但性情乖张，从小对各种异闻奇谈兴致勃勃，并常将它们与自己做过的怪梦联系起来。他自认"精神敏锐"，老牌商业城市的古板市民却把他当成"怪胎"。由于极不合群，他逐渐淡出社交，只在外地美术家的小圈子里有点名气，极度保守的普罗维登斯艺术俱乐部则认为他不可救药。

据手稿所述，来访的雕塑家唐突地请求主人，运用其渊博的考古学知识来鉴定浮雕上的象形文字。他神秘而浮夸的语气、装腔作势又心不在焉的态度起初令我的叔祖心生反感，犀利地反驳说这块新刻的浮雕显然与考古学无关。年轻的威尔科克斯的回应充满奔放的诗意，深深打动了我的叔祖，以至于一字不漏地记载了下来——鉴于这句话能充分展现威尔科克斯的性格，我在此也忠实抄录。他说："不错，它确实很新，乃是昨晚我梦游秘境的作品。我梦中的城市比忧郁的提尔、冥思的斯芬克斯和花园装点的巴比伦更古老。"

威尔科克斯接下来漫无边际的叙述陡然唤醒了我的叔祖一段尘封的记忆，勾起他强烈的兴趣。昨晚曾有微震，但已是新英格兰地区多年来震感最强烈的一次，这显然激发了威尔科克斯的想象力，以致其前所未有地梦见无数庞大砖块和参天巨石堆砌的城市，那里的建筑物不但气势汹汹，还渗出绿色黏液。象形文字覆在墙壁和柱子的表面，而从深不可测的地底传来一个迥异于人类语音的响动，雕塑家声称只有通过丰富的联想才可将那份混乱的感知转换成声，他勉强用难以发音的文字组合表达为："克苏鲁，番沓艮。"

正是这串难以发音的怪异文字令安杰尔教授挥之不去，触及了兴奋而又困惑的过往，让他开始本着严谨的学术思维盘问雕塑家，又以狂热的专注态度考察新刻的浮雕——雕塑家自称在冰冷的寒夜里披着单薄的睡衣刻出了它，清醒前都处于梦游状态。威尔科克斯后来说，教授曾自责年老糊涂，没能早些辨出浮雕上的象形文字和绘像，而他提出的许多问题令人摸不着头脑，尤其是急于挖掘雕塑家与古怪的会社或教派的关系，乃至反复用守口如瓶做担保，以求被某个根深叶茂的神秘教派或异教组织吸纳。当安杰尔教授最终确定威尔科克斯与任何邪教团体无关后，便郑重要求后者务必向他报告未来的梦境。这个要求迅速开花结果，自第一次会面以来，手稿对青年每日的拜访均做了记录，其中透露出丰富而令人发指的夜间梦境片段，主旨总是关于渗出黏液的幽暗巨石城市。在那诡异街市的地底有个难以分辨的单调声音，抑或是智慧生物枯燥的呐喊，却有不可思议的情感冲击力。若用文字表达持续不断的声音中经常出现的两个词组，最近似的写法是"克苏鲁"与"拉莱耶"。

3月23日的手稿写道，威尔科克斯没有露面，教授赶到其下榻处才得知他突然染上不明的热病，已被送回水手街的家中。前日夜里他大喊大叫，吵醒了寓所中的其他艺术家，之后便一直在人事不省与胡言乱语之间辗转。我的叔祖立刻给他家打了电话，并保持密切关注，还频频前往金缕梅街的诊所拜访主治他的托比医生。青年被热病折磨的大脑显然沉浸于古怪的想象，医生转述时心有余悸——那不单是重复以前的梦境，还着重提及一个"数英里高"、缓缓蠕动或滑行的庞然巨物。威尔科克斯从未完整形容那巨物，但从托比医生转述的杂乱而癫狂的呓语判断，教授断定它便是睡梦中刻出的浮雕上无名绘像的原型。医生补充说，只要提到那巨物，威尔科克斯便会陷入昏睡，尤为蹊跷的是，他的体温跟正常人差别不大，症状却真像是发烧，并非精神失常。

4月2日下午3点左右，威尔科克斯的怪病突然消失。他直愣愣地从床上坐起来，浑不知自己何时回到了家中，对3月22日夜至今的梦境与现实全无印象。鉴于医生宣布痊愈，他三天后便返回寓所，从此对安杰尔教授的研究再无帮助。所有怪梦都随着身体康复而销声匿迹，我的叔祖继续关注了一个星期，最终放弃了对他夜间平凡无奇且毫无联系的梦境的记录。

手稿第一部分到此结束，但它关联的若干便条激发我继续思考。事实上，这些关联如此丰富，只是由于根深蒂固的多疑天性作祟，我才会始终揪着年轻的雕塑家不放。便条记录了各色人等在同一时期的梦境，我的叔祖似乎在短时间内竭尽全力做了广泛调查，礼貌地恳请所有能接触到的朋友描述夜间梦境，并回忆任何值得一提的内容出现的日期。调查对象的配合程度各不相同，但无论如何，他收到的反馈之多，远超常人的应付能力。原始信件并未保存下来，但便条中做了忠实而详尽的梳理。一般大众和商界人士——新英格兰传统意义上的"正派人"——除开零星提及捉摸不定的不安感，几乎没什么有用材料。值得一提的是，那些零星案例都发生于3月23日至4月2日，与年轻的威尔科克斯的发病时段吻合。科研人员所受影响稍大，有四个人曾模糊而短暂地窥见诡异的景象，有一人说某种超常事物让他恐惧。

但艺术家和诗人们的反应就大不一样了，我相信他们若有机会互相交流，必会引发恐慌。不过，由于原始信件的缺失，我有理由怀疑编撰者提出了诱导性问题，或在编撰过程中受到潜意识的左右。我也依然认为，威尔科克斯可能通过某种途径了解到我的叔祖掌握的旧资料，借题发挥来捉弄长辈。无论如何，这些回应令人心悸。2月28日至4月2日，许多诗人和艺术家做了怪诞的梦，且梦境在雕塑家身染怪病期间变得极为激烈。超过四分之一的案例涉及威尔科克斯描述过的场景和似是而非的"声音"，很多人异口同声地承认自己对某个庞大的无名物体产生了深入骨髓的恐惧。其中有桩令人印象深刻的惨事，一位爱好神智学和神秘论的著名建筑师在年轻的威尔科克斯发病当日突然失智，持续数月不断尖叫呼救，要人们助他逃离某个来自地狱的怪物，最终撒手人寰。关于这些案例，若非我的叔祖用编号而非真名实姓来整理，我肯定会一一登门查证。事实上，经过努力，我还是追查到了几名当事人，而他们无一例外地完全认可便条上的内容。我常常好奇，这些人是否依旧对当年的遭遇困惑不解呢？幸好他们永远不知道答案。

至于剪报，我说过它们主要涉及 1925 年春的恐慌、躁动与怪异行为。安杰尔教授想必雇用了专业团队，因剪报数量庞大且遍及全球。其中有伦敦的夜间自杀案，一位独居者在睡梦中发出惊叫后纵身跳窗；南美某报的编辑收到语无伦次的信件，一位狂人根据自己目睹的幻象在信中预言了可怕的未来；加利福尼亚州的通讯稿声称某神智学团体统一穿上白袍，迎接了并未发生的"光荣圆满"；印度的新闻谨慎地提及 3 月末严重的国内动荡。伏都教在海地甚嚣尘上，非洲的前哨站传来不祥的流言，菲律宾的美国驻军发现某些部落蠢蠢欲动，纽约的警官甚至在 3 月 22 日至 23 日的夜里遭到歇斯底里的黎凡特暴民的袭击。谣言在西爱尔兰传得玄乎其玄，而在 1926 年春的巴黎美术展上，名为阿杜瓦－邦诺的怪奇画家展出了一幅具有严重渎神倾向的画作《梦中风景》。那段时间更是各地精神病院的骚乱爆发期，医学界自然也注意到这点，并得出许多匪夷所思的结论。今天我回顾剪报时，无法相信自己当时是本着怎样盲目的理性才不予正视，笃定地认为年轻的威尔科克斯预先得知了教授的陈年往事。

（二）

勒高斯警探的故事

在手稿长文的第二部分，我的叔祖讲述了令雕塑家的梦境和浅浮雕显得如此重要的一些往事。原来，他既非头一次目睹那无名怪物的恐怖轮廓，也不是第一回苦于难解的象形文字，甚至听闻过被书写为"克苏鲁"的险恶音节。正是由于这穿越时空的诡异关联，他才不得不追根究底。

往事发端于1908年，也就是威尔科克斯于梦中雕刻的整整十七年前，美国考古学会在圣路易斯召开年会。安杰尔教授身为业内翘楚，在一应研讨活动中都颇得推崇，当外界前来寻求专业意见时，他理所当然是首选对象之一。

这批圈外人的头儿是一名其貌不扬的中年男子，他迅速成为会场焦点。此人名叫约翰·雷蒙德·勒高斯，乃新奥尔良警署的警探，此次携带一尊来历不明、畸形怪诞的古老石雕，专程赶来寻求在本地无人知晓的专业知识——必须澄清的是，警探对考古学毫无兴趣，求知欲完全源于工作需要。这尊石雕，抑或称为偶像、图腾，乃是数月前在新奥尔良南部的森林沼泽地带展开的搜捕行动中缴获的。行动目标本是伏都教集会，但集会现场围绕这尊石雕举行的仪式丑恶至极，令警方察觉到撞上了一个未知的黑暗邪教，其残忍程度与非洲大陆最恶毒的伏都教团伙相比有过之而无不及。除开被捕的教徒口中难以采信的离奇怪谈，警方对它一无所知，他们急于得到文物学者的指点，弄清这尊令人毛骨悚然的石雕的来源，以此顺藤摸瓜追查该教派。

勒高斯警探万万没料到自己带来的物品会引起轩然大波。只消看上一眼，全场学者便按捺不住兴奋，立刻簇拥过来，仔细端详小石雕。它的造型怪异莫名，年代深不可测，无疑是通往远古世界的崭新窗口。这尊可怕的墨绿色艺术品并非出自任何已知的雕塑流派，似有数百年乃至数千年光阴的沉淀。

学者们缓缓传递雕像，依次细细品观。石雕的高度在七英寸到八英寸，手艺精妙细致，展现了一个类人形怪物，它拥有伸出无数触须的章鱼脑袋、覆满鳞片的胶状身躯和一对狭长的翅膀，前后肢的末端均长有巨爪。怪物的体形稍显臃肿，它不怀好意地蹲踞在遍布陌生字符的矩形石台或基座上，散发出超乎寻常的邪气。从雕像整体构造来看，怪物的身体居中，翅膀尖端垂到石台后沿，蜷起来的后腿则用弯曲的长爪子扒住石台前端，并下垂到基座约四分之一高处，而它那酷似头足类动物的脑颅向前探出，面部触须的末端掠过扣在膝上的巨大前爪的背面。总体而言，石雕洋溢着病态的生命力，其全然未知的属性更教人望而生畏。它无疑非常古老，来自难以估算的远古纪元，济济一堂的学者却无法将它与人类早期文明联系起来——那艺术风格似乎不属于任何文化。抛开别的不提，石雕绝无仅有的材质就是个谜，那种带有金色或虹色的斑点与条纹、触感圆润的墨绿色石头在地质学及矿物学领域都前所未见。至于基座上的字符，尽管会上全球半数古语权威云集，他们也莫衷一是，甚至找不出相近的语系。一切仿佛都刻意远离了已知的进化历程，不祥地暗示着在我们的世界和固有观念之外，还存在污秽的古老生命。

就在大家纷纷摇头认输时，有一人却对这石雕怪物及其基座上的字符表现出一丝异样的熟悉，并吞吞吐吐地说出亲身经历的怪事。此人便是已故的普林斯顿大学人类学教授威廉·钱宁·韦伯。身为赫赫有名的探险家，韦伯教授曾于四十八年前远赴格陵兰和冰岛搜寻如尼文碑铭，虽未能如愿，但他在格陵兰西海岸的高原遭遇了一个堕落的爱斯基摩[1]部落或教派。那群爱斯基摩人奉行奇特的恶魔崇拜，其冷血和下作程度令教授不寒而栗，其他爱斯基摩人则对此讳莫如深，他们畏惧地表示该信仰源自创世之前可怕的蛮荒世纪。除开神秘的仪式和献祭活人，信徒们世代相传的是对至高无上的远古恶魔"托纳萨克"的尊奉。韦伯教授小心翼翼地从一位年长的爱斯基摩"安哥克"——也就是巫医——那里打听到祭祀所用的祷词，并尽可能地以注音方式记录下来。他还发现该教派精心呵护着一件奇物，每当极光在冰崖上空舞蹈时，那群爱斯基摩人就会围着它翩翩起舞。教授声称那是一块粗劣的石板，刻有恶魔的可怕形象和若干神秘符号，而他认定石板上的形象与会场上这尊石雕怪物颇为相似。

---

[1] 爱斯基摩，旧称，从 2004 年开始，统一称呼为"因纽特"。本书篇目成稿时间远早于此，为尽可能保留原文的况味，仍译作"爱斯基摩"。

　　韦伯教授的陈述令学者们啧啧称奇，勒高斯警探更是倍感振奋，他立刻向教授连珠炮般抛出问题。原来，他的部下在被拘捕的沼泽邪教徒中审出一套仪式用语，现在他恳请教授竭力回想爱斯基摩恶魔崇拜者所用的祷词。经过认真仔细地比对，教授和警探一致认为远隔重洋的两地所进行的可憎仪式几乎完全相同。这个发现震惊全场，大家都敬畏得说不出话来。爱斯基摩巫医和路易斯安那沼泽祭司对着相似的偶像大声念出同样的句子，那句子根据吟诵时的节奏可断为：

　　　　噗嗝戮，嫩侮符，克苏鲁，拉莱耶，瓦噶糯，番沓艮。

　　勒高斯比韦伯教授多掌握一条线索，因那些被捕的混血儿吐露了老祭司们讲解的祷词含义，那句子大意为：

　　　　死去的克苏鲁在拉莱耶的宅邸里酣梦以待。

　　大家的好奇心此时已达极致，于是勒高斯警探尽可能详尽地叙述了突袭沼泽邪教的始末。我能看出我的叔祖非常重视此事，它就像是神智学者和神话创作者最狂野的梦，外人绝不会想到一帮混血儿和流浪汉能对宇宙怀有如此宏大的想象。

　　1907年11月1日，新奥尔良警署接到南部沼泽与潟湖区的紧急报案。当地居民多为拉斐特船队的后代，他们非法定居于此，生活简朴而本分，近来却因夜里的莫名滋扰陷入恐慌。那显然是伏都教作祟，其性质却比该教任何已知分支更恶劣，自从怨毒的手鼓声在人迹罕至的、闹鬼的黑林子里响彻不停，妇女和儿童便接连失踪。惊慌失措的报案人声称居民们听到疯狂的呐喊、撕心裂肺的惨叫和令人胆寒的吟诵，目睹舞动不熄的鬼火，再也不堪忍受了。

当日傍晚，二十名警察乘两部马车和一辆汽车，在那个惊恐的报案人带领下启程。他们在无法通行的地段下车，之后一言不发地穿越终日不见天光的柏树林和无边的沼泽。他们踩过丑陋的树根，可恶的寄生藤加绞索般在面前晃来晃去，无数畸形的树木和真菌群落，以及不时撞见的阴湿石堆与残垣断壁，都平添了压抑气氛。村落位于森林深处，不过是一堆破烂茅屋，但见警队打着提灯到来，欣喜若狂的当地人蜂拥而出。沉闷而微弱的手鼓声的确在远处隐隐可闻，风向变化时亦能断断续续听到毛骨悚然的尖叫，透过夜幕下看不到尽头的森林小径和幽暗灌木，还可瞥见一团刺眼的红光。吓破胆的当地人宁愿待在村里，也不肯朝邪教仪式的现场前进半步。勒高斯警探与他的十九名同事别无选择，只好硬着头皮闯入黑暗的树廊，处理前所未见的棘手案件。

这片区域素来恶名昭彰，白人几乎不曾涉足，对当地情况一无所知。当地人传说林间隐藏着世人罕见的湖泊，湖中栖息着一个无定形的水螅巨怪，那怪物身体苍白，有一对发光的眼睛，而生有蝙蝠翼的恶魔们会在午夜时分飞出地底的洞窟来朝拜它。据说那怪物比第伊贝维尔、拉萨尔和印第安人更早到来，甚至早于森林里的飞禽走兽，它即是梦魇，见者必死无疑。幸亏它会给凡人托梦，让他们远远避开。所谓的伏都教不过在这片被诅咒区域的边缘兴风作浪，但已足够让当地人满心厌恶了。事实上，仪式举行的地点或许比那些恐怖的动静和不断发生的失踪事件更让他们魂飞魄散。

当勒高斯一行在黑暗的泥沼里艰难跋涉，奋力赶往火光和鼓声的发源地时，只有诗人或疯子才能想象传入他们耳中的鼓噪——要知道，人有人言，兽有兽语，人类的口唇发出野兽的叫声有多惊悚！野性的嘶吼和原始的放纵在癫狂与迷乱的鞭策下达到顶峰，于夜晚的林间呼啸回荡，宛若地狱冥渊里的瘟疫风暴。杂乱无章的吠叫偶尔会停下来，取而代之的是嘶哑的吟诵，齐声念出那个驾轻就熟的丑恶句子：

噗嗝戮，嫩侮符，克苏鲁，拉莱耶，瓦噶糯，番沓艮。

警队来到林木稀疏处，仪式现场赫然跃入眼帘，当即有四名警察吓得站立不稳，有一人失去意识，另有两人没法控制地狂呼乱叫，所幸被刺耳的狂欢声浪掩盖。勒高斯用沼泽水泼醒昏厥的同事，但其他人也个个战战兢兢、呆若木鸡，仿佛被催眠了一样。

茫茫沼泽中有片面积约一英亩、天然形成的干燥草地，其中没有树木。正在草地上扭摆跳跃的丑恶人群委实难用言语形容，只有西姆或安格罗拉才能绘出那画面。这帮混血儿浑身一丝不挂，像驴或牛一样号啕嘶吼着，围绕熊熊燃烧的环形大篝火打转。透过变幻的火焰帷幕，警探看见篝火中央有一块约八英尺高的花岗巨岩，其顶端放着一块不太相称的小石头，便是那尊令人生厌的石雕。以篝火环绕的巨岩为中心，外围又均匀搭起十个支架，架子面朝巨岩，倒吊着村里失踪的无辜百姓血肉模糊的尸体。邪教徒们在支架和篝火之间边跳边叫、纵情狂欢，大体呈逆时针方向转圈。

也许是出于想象，也许是因为回声，一位容易激动的西班牙裔警员声称古老而邪恶的密林深处、某个暗无天日的地方在轮唱应和这场骇人仪式。此人名叫约瑟夫·D. 加尔韦斯，我后来当面询问过他。他的确想象力丰富，甚至暗示自己依稀听见巨翼的扇动声，还在远方的树丛后瞥见两只发光的眼睛和山峰一样的白色身躯——我想，他受当地迷信的影响未免太过。

事实上，职责为重，警队被吓得无法动弹的时间并不长。尽管群聚的混血儿有近百人之多，执法者们依然仗着枪械杀入污秽的现场。难以形容的混战持续了五分钟，经过激烈的搏斗和射击，邪教徒们落荒而逃，最终有四十七人悻悻落网。勒高斯命他们立刻穿上衣服，在两侧警官的押解下列队离开。五名教徒横尸当场，还有两个重伤号躺在临时担架上叫同伴们抬走，巨岩上的石雕则被勒高斯小心翼翼地取下带回。

紧张而疲惫的回程结束后，警方旋即展开审问。那帮邪教徒原来全是精神异常的混血贱民，基本在海上讨生活，除开几个黑人和黑白混血儿，其他都是西印度群岛人或佛得角群岛的布拉瓦葡萄牙裔，这为成分复杂的邪教染上了一层伏都教色彩。有件事很快就明朗了：贱民们的物神崇拜有更深邃和古老的来源，尽管他们堕落无知，但那可憎信仰的核心观念令人惊讶地清晰明确。

根据供词，教徒们膜拜的是鸿蒙初开时自天外降临的"古神"。如今"古神"已经不在，其遗体长眠于地底深处和波涛之下，却通过梦境把秘密告诉先民，让后者创立了延续至今的教派。教徒们声称他们的教派将永世长存，潜伏于世界各地的遥远荒野和偏僻角落，直到波涛之下巍峨的拉莱耶城中，伟大的祭司克苏鲁从冥宅里再次崛起，重新统治世界。总有一天，当群星就位时，克苏鲁将召唤这个一直恭候着解救它的秘密教派。

除此以外，教徒们知之甚少，严刑拷打亦无济于事。总之，人类并非地球唯一的主宰。黑暗中的形体会回应虔诚的朝拜，但那些还不是"古神"，没人见过"古神"。石雕刻画了伟大的克苏鲁，却没人知道其他"古神"是否与之相像，也没人能读懂古文字，一切仅凭口耳相传。唯独祷词不是秘密，纵然教徒们不会大肆宣扬，只是悄悄念诵那个丑恶的句子——"死去的克苏鲁在拉莱耶的宅邸里酣梦以待"。

仅有两名教徒的心智健全程度适用绞刑，其余均发配到各类收容机构。他们一致否认参与过仪式上的谋杀，坚称那都是从鬼林子里的远古集会地飞出的"黑翼真君"所为，却又说不清这些神秘同伙的底细。警方得到的大部分信息来自一个名叫卡斯特罗的高龄拉丁裔混血儿，他自称曾搭船前往异域港口，与中国的深山里长生不死的教派仙人恳谈。

　　老卡斯特罗吐露的仅是丑陋教义的一鳞半爪，却足以让神智学者们的论述黯然失色，让人类和人类世界显得渺小倏忽。他说地球在太古时期曾有其他主宰，它们兴建了巨大的城市，长生的中国人认定某些太平洋岛屿上的巨石阵便是城市遗迹。虽然在人类诞生的很久以前，那些主宰便已死去，但在永恒的宇宙循环中，只要群星再次就位，它们就有办法苏醒。事实上，它们正是从其他星球来到这个世界，并带来了自己的雕像。

　　卡斯特罗同样称它们为"古神"，还说它们不全是血肉之躯，它们有形——来自群星的雕像不就证明了这点吗？——而无质。当群星就位时，它们能纵横寰宇、穿梭世界；但群星错位时，它们无法存活。饶是如此，它们也没有真正死去，而是安息在巍峨的拉莱耶城内无数石头宅邸中，遗体由伟大的克苏鲁施法保护，等待着群星就位时的光荣复辟，以重掌大权。不过届时，它们还需借助外力来解放自己，因让它们保持完好的法术也让它们难以动弹，只能躺在黑暗中冥思，任千百万年滚滚而逝。它们清楚宇宙的变化，也能彼此分享思想——此时此刻，它们止在坟墓中交流！经历了沧海桑田，人类终于出现在地球上，"古神"迫不及待地给最敏感的人类托梦，这是哺乳动物的大脑理解它们的语言的唯一方式。

　　卡斯特罗畏首畏尾地说，先民们根据"古神"展示的小雕像创建了教派，那些雕像来自黑暗群星中的隐晦之地。该教派绝不会消亡，直到群星再次就位，隐藏的祭司们把伟大的克苏鲁请出坟墓，让克苏鲁及其亲族再次君临地球。人类绝不会错过那个时刻，那时他们也将升华为无拘无束的狂暴神灵，超越善恶、律法和道德，纵情咆哮、杀戮与狂欢。被解放的"古神"将教导他们咆哮、杀戮与狂欢的全新方式，让肆无忌惮、酣畅淋漓的屠杀如燎原野火席卷大地。但在此之前，该教派必须通过正确的仪式来铭记古道，传承"古神"回归的预言。

古时，被选中的幸运儿可在梦中与坟墓里的"古神"对话，后来变故陡生，巍峨的拉莱耶石头城带着那些巨石和坟墓沉入波涛之下充满原始力量的深海，以致思维也无法穿透，就此切断了精神联系。但人类并未忘记"古神"，大祭司们保证群星就位时圣城会再度升起，腐朽的黑暗幽魂亦将随之涌出地底，带来被遗忘的海下洞穴传出的晦暗真言……老卡斯特罗至此不愿多谈，他匆匆住嘴，任凭警方软硬皆施也无法套出这方面信息。他同样奇怪地绝口不提"古神"的个头，倒是宣称教派中枢位于无垠的阿拉伯大沙漠中心，乃是隐藏在梦界、无人能找到的"千柱之城"伊赖姆。总而言之，这个教派与欧洲的女巫教团并非同道，除教众外鲜为人知，也没有哪本著作披露过它的存在，唯有长生的中国人声言阿拉伯狂人阿卜杜勒·阿尔哈扎德在《死灵之书》中做了些双关暗示，有心人可细细品味那个饱受争议的对句：

已逝之尊永长眠，

万古幽溟死亦生。

　　勒高斯深感震撼又一头雾水，遂展开了对这个神秘教派历史渊源的徒劳调查。卡斯特罗在保密性方面显然没说谎，因杜兰大学的学究们对教派和石雕竟一无所知，警探只能赶去全美最权威的考古学年会上求助，也仅仅得到韦伯教授的格陵兰传说。

　　一石激起千层浪，与会学者在此后的通信中频频探讨勒高斯的故事和石雕，只是正式学术刊物中甚少涉及，以免被诬为欺骗和造假。石雕被勒高斯警探出借给韦伯教授，教授过世后又回到警探手中，并一直由他保管，不久前我还亲眼见过。那东西的确令人毛骨悚然，与年轻的威尔科克斯的梦中之作也的确有千丝万缕的联系。

　　我的叔祖如此看重那位雕塑家，必是联想到勒高斯的邪教案。时隔多年，眼前这位敏感的年轻人不但在梦中复刻了格陵兰的邪魔石板及新奥尔良的沼泽石雕上的形象与文字，还念出了爱斯基摩恶魔崇拜者及路易斯安那混血邪教徒的祷词中的三个词组——教授岂能不迅速展开彻查？但我私下仍怀疑年轻的威尔科克斯从其他途径得知邪教的存在，为戏弄我的叔祖而专门捏造一系列梦境。教授对其他人梦境的记录和广泛收集的剪报尤疑是有力的旁证，但这个话题本身与我的理性主义原则格格不入，到头来也只能得出自认最合理的结论：在反复研判手稿，并参照神智学和人类学的相关论著考察勒高斯对邪教的描述后，我决定亲自前往普罗维登斯市拜访雕塑家，指责他无耻诈骗一位德高望重的老学者。

　　威尔科克斯依旧独居在托马斯街的鸢尾花公寓。那栋维多利亚时代落成的寓所是对17世纪布列塔尼建筑风格的丑陋模仿，它坐落在全美最精致的乔治王朝时代尖顶的阴影下，耸立于古老山丘上优美的殖民地风格房屋中间，卖弄着灰泥粉刷的门面。我上门时他正在创作，四下堆放的样品所散发的天赋与才情令我不由得刮目相看。我相信他能成为一位伟大的颓废派艺术家，因他用黏土表达噩梦和幻象的精湛手法堪比亚瑟·玛臣的文字、克拉克·阿什顿·史密斯的诗歌与绘画，有朝一日想必还能将材料升格为大理石。

这位阴郁、孱弱、有些不修边幅的雕塑家无精打采地问我有何贵干，甚至没起身迎接。我表明身份后，他方才产生一点兴趣，因我的叔祖曾大力探究他的怪梦，却从不肯解释原因——我当然也没往这方面深谈，而是巧妙地套话。没多久，我就相信了他的诚意，因他诉说梦境的方式绝不可能作伪。那些怪梦及其在潜意识中的残留深深影响了创作，这从他向我展示的一尊病态雕像上就可见一斑。雕像轮廓的强大感染力让我浑身发抖，那无疑便是当初令威尔科克斯在梦中昏厥的庞然巨物，但他说不清塑形范本，只道双手自然而然地完成，一切恐怕只能归结于早年梦中制作的浅浮雕。另一方面，除开我的叔祖在无休止的盘问中偶尔泄露的信息，他对那个隐藏的邪教委实一无所知，这样看来，唯一的解释是他在别的地方曾受到诡异的暗示。

他用奇特的诗意谈论梦境，将黏滑绿石砌成的潮湿巨城——他神秘兮兮地补充道，那些建筑"完全违背几何原理"——以及从地底传来的，永不停歇、直击心灵的可怕召唤身临其境般地呈现在我面前："克苏鲁，番沓艮""克苏鲁，番沓艮"……邪教的恐怖仪式中吟诵着同样的词组，宣告死去的克苏鲁在拉莱耶城的石墓里酣梦以待。这些言论动摇了我对理性主义的坚持，我只能设想威尔科克斯无意中曾接触过那个邪教，虽然相关信息很快淹没在他对奇谈异闻的广泛涉猎和丰富想象中，但留下的深刻印象透过潜意识表现在梦里，以至于制作出当初的浅浮雕和如今我手中的雕像。他对我的叔祖的误导是无心之过，尽管我不喜欢这位有些做作也有些失礼的青年，但我承认他的手艺与诚实，于是友善地跟他道别，祝愿他前程无量。

我继续为那个邪教着迷，有时甚至幻想自己因对其起源和影响的探究而声名鹊起。我去新奥尔良造访勒高斯及搜捕队的其他成员，贴近观摩那尊恐怖的石雕，乃至盘问过几个尚在人世的混血教徒，只可惜老卡斯特罗早已故去。教徒们绘声绘色的描述完全证实了我的叔祖转录的文字，这让我心潮澎湃，确信自己能挖掘出一个真实存在又不为人知的古老宗教，于人类学领域取得重大突破。然而在此过程中，作为唯物主义者——我希望自己保持不变——我又以堪称刚愎自用的执拗态度忽视了安杰尔教授收集的剪报和关于梦境的便条之间的关联。

不过，我开始怀疑我的叔祖并非死于意外，这点后来得到相当惊悚的证实。他离开外国混血儿麇集的古老码头，在狭窄山路上被一名黑人水手推倒，而我没有忘记路易斯安那州的邪教徒全为混血儿和海员。既然他们通晓远古的仪式和信仰，那么掌握毒针或其他杀人秘法也不足为奇。勒高斯及其部下的确平安无恙，我即将谈及的那位挪威水手却离奇暴毙。莫非我的叔祖对雕塑家的深入调查引起了恶人的警觉？教授的死因很可能是知道得太多或至少追问得太多。我不知道自己会不会落得同样下场，因为我知道得也够多了。

（三）
大海的疯狂

倘若老天有眼，我便不会偶然注意到那张旧垫纸。那原是 1925 年 4 月 18 日发行的澳大利亚报纸《悉尼公报》，它甚至逃过了我的叔祖雇来大范围搜集素材的专业团队的注意，本不可能与我产生交集。

当时，我搁下对安杰尔教授所谓"克苏鲁异教"的探寻，正在新泽西州帕特森市拜访一位饱学之士，这位朋友是当地博物馆的馆长和著名矿物学者。某日，我在博物馆内室查看储物架上的备用标本时，赫然发现铺展开来垫石头的老报纸上有张奇特的照片。那张报纸便是上文提到的《悉尼公报》——我这位朋友在世界各地均有可靠的人脉联络——而那张半色调照片呈现的狰狞石像与勒高斯在沼泽里找到的石雕几乎一模一样。

我急切地挪开珍贵的标本，细细读报。相关文章短得有些遗憾，却对我悬而未决的探寻具有非凡意义，我立刻小心地将其撕了下来。报道全文如下：

海上惊现神秘弃船

"守夜号"拖曳瘫痪的新西兰武装快艇入港。

艇上一死一活。

据称海上发生恶战，且有人员伤亡。

获救海员拒绝详述此次奇遇，其随身物品中有一尊怪异塑像。

事故调查即将展开。

莫里森公司旗下的"守夜号"货轮自瓦尔帕莱索返航，今晨驶入达令港，并拖曳着新西兰但尼丁的蒸汽快艇"警报号"。"警报号"配有重武器，且艇上有战斗痕迹，失去动力后于4月12日在西经152度17分、南纬34度21分的海面被发现，当时仅有一名幸存者和一具尸体。

"守夜号"于3月25日离开瓦尔帕莱索，4月2日遭遇罕见的特大风暴和巨浪航线大为南移，4月12日目击上述弃船。后者看似已遭遗弃，但登船检查发现尚有一名精神失常的幸存者和一具死亡时间超过一星期的尸体。幸存者牢牢抱着一尊来历不明的丑陋石像，该石像约一英尺高，悉尼大学、皇家学会和学院路博物馆均对其大惑不解。幸存者声称是在汽艇舱内找到它的，它曾被安置在样式普通的雕花小神龛里。

幸存者恢复理智后，讲述了一个涉及海盗与杀戮的离奇故事。他名叫古斯塔夫·约翰森，是个能干的挪威人，曾为奥克兰的双桅纵帆船"艾玛号"的二副。"艾玛号"及其十一名船员于 2 月 20 日起航前往卡亚俄，约翰森声称该船被 3 月 1 日的大风暴延误行程，航线也大为南移。3 月 22 日，"艾玛号"在西经 129 度 34 分、南纬 49 度 51 分的海面遭遇"警报号"。据说操纵"警报号"的是一伙举止怪异、凶神恶煞的南洋土著及劣等混血儿，他们蛮横地要求"艾玛号"的科林斯船长立刻掉头，遭到拒绝后便悍然动用船上的一门黄铜加农重炮，猛烈炮击"艾玛号"。约翰森声称水手们奋起反击，当被射得千疮百孔的帆船即将沉没时，他们终于与汽艇接舷，成功登上甲板，与人数稍稍占优的对手展开肉搏。帆船水手最终不得不赶尽杀绝，因敌人全是丧心病狂的亡命之徒，幸好也因此欠缺战斗纪律。

"艾玛号"有三人阵亡，包括科林斯船长和格林大副，剩余八个人在约翰森二副的领导下驾驶俘获的汽艇沿既定航线前进，试图弄清那个奇怪的团伙勒令他们掉头的原因。翌日，他们发现并登上一座小岛——尽管海图显示那片区域没有陆地——有六个人在岛上丧生，约翰森奇特地不愿详述此行始末，只说死者掉进了大石缝里。他与仅存的同伴随后返回快艇，设法驶离，却又遭遇 4 月 2 日的风暴。从此直至 4 月 12 日获救，约翰森的记忆相当模糊，甚至不记得同伴威廉·布里登的过世日期。布里登的死因亦不明确，可能是刺激过度或阳光暴晒。但尼丁发来的电报说"警报号"是一艘小有名气的海岛贸易船，但在码头边口碑不好，因该船属于一帮古怪的混血儿，他们频繁的聚会和夜访森林惹人非议。该船是在 3 月

1日的风暴和地震后火速出海的。本报驻奥克兰的记者则高度评价了"艾玛号"及其船员，并称赞约翰森是个冷静杰出的水手。海事法庭将从明天起展开事故调查，并尽可能劝说约翰森抛开顾虑，坦白实情。

以上即为全文，与之搭配的便是丑陋石像的照片，看着它们，我不禁思绪万千！这无疑是研究"克苏鲁异教"的全新宝藏，足以证明该教派不但在陆地，亦在海上活动。奇怪的团伙带着丑陋的石像匆匆出海，却因何令"艾玛号"折返？六名"艾玛号"的水手死在哪座无名岛上，以致约翰森二副三缄其口？海事法庭的调查有何结论，挖掘出那个在但尼丁人见人厌的教派多少内幕？最重要的是，整篇报道涉及的日期与我的叔祖悉心记录的事件之间，有着何等深刻、险恶、超越常识却无法否认的联系？

3月1日——按国际日期变更线是这里的2月28日——发生过风暴和地震，但尼丁的"警报号"仿佛收到紧急召唤，载着一帮恶棍匆忙起航；而在地球另一边，艺术家和诗人们开始梦见潮湿怪异的巨石城市，一位年轻的雕塑家甚至在睡梦中捏出了克苏鲁的可怕形象。3月23日，"艾玛号"的水手登上无名岛，随后有六人丧命，与此同时，敏感群体的怪梦达到极致，以致生动而惊悚地梦见自身被一只不怀好意的巨怪追逐，一位建筑师因此发狂，一位雕塑家神志不清！4月2日的另一场风暴过后，关于潮湿城市的噩梦戛然而止，威尔科克斯也永远摆脱了怪异热病的滋扰。这一切都是巧合吗？这一切与老卡斯特罗暗示的来自群星而后沉没在波涛之下的"古神"，与它们将来的复辟，与它们忠实的信徒，与它们操纵梦境的能力有何关联？这是不是人类所无法承受的宇宙恶意的冰山一角？倘若真是如此，也仅仅存在于精神领域，因4月2日后，缠绕和威胁着人类灵魂的苦恼便莫名消散了。

我匆忙发送电报、安排行程，当晚便辞别主人，搭上前往圣弗朗西斯科的火车。不出一个月，我已赶到但尼丁，却发现当地人并不清楚经常光顾海滨旧旅馆的那些古怪教徒的底细。这也难怪，码头边鱼龙混杂，大家只隐约记得那帮混血儿曾深入内陆，遥远的山丘有红光闪现，且能听见微弱的鼓声。在奥克兰，我得知约翰森在悉尼经历了一场草率而不得要领的调查，回来时一头金发竟褪为白发，随后他卖掉西街的小屋，携妻子坐船返回奥斯陆的老家。关于那次奇遇，他对朋友们吐露的不比对法庭说的更多，这些人能给我提供的也只有他在奥斯陆的住址。

我又去了趟悉尼，向当地海员及海事法庭官员了解情况，依然所获寥寥。我在悉尼湾的环形码头见到了"警报号"，它已被售卖转为商用，于我的探寻殊无帮助。那尊石像保存在海德公园博物馆，石像上那个怪物有章鱼的脑袋、恶龙的身躯和多鳞的翅膀，蹲伏于刻满神秘符号的底座上。我长久而仔细地端详它，发现其做工真是不可思议，而诡异的材质蕴含着莫大的神秘氛围和惊人的古老气场，这些都与勒高斯那尊较小的石雕相同。馆长说地质学家将此视为不解之谜，他们断言地球上找不到第二颗这样的石头。这让我联想起

中，藏身于黏滑的绿色石窖，经过难以计数的岁月，终于对外送出思绪，专横地召唤信徒前来解救和释放它们，也让另一些敏感的人类惊恐万状。约翰森对此一无所知，但上帝啊，他就要大开眼界了！

据我推测，露出海面的仅是一座高如山岳、怪石绕顶的堡垒，那便是伟大的克苏鲁的坟墓。当我想到海面下还潜藏着什么的时候，真恨不得杀死自己。约翰森及其手下当然被那座上古恶魔建造的巴比伦巨城吓得说不出话来，无须专家指点，任谁都能看出这湿漉漉的城市所蕴含的宇宙威权不属于地球或任何正常的行星。绿色石砖的体积让人难以置信，雕花巨石的高度令人头晕目眩，而那些宏伟的石雕和浮雕，与在"警报号"上找到的奇怪石像之间的相似性更教人哑口无言——二副战战兢兢的笔写出的每一行字都流露出惶恐与畏惧。

约翰森不了解未来主义风格，但他抒写那座城市的笔法与之不约而同。他没有描述结构或建筑的确切模样，却不厌其烦地传达巨大的角度和石头的表面带来的整体感受。那些建筑的表面大得不成体统，显然无法匹配任何地球事物，其上更刻满亵渎的绘像与象形文字；他笔下的"角度"则让我不由得想起威尔科克斯对噩梦中的城市的形容。雕塑家说它"完全违背几何原理"，与欧几里得以来的人类观念截然不同，令人惊恐地暗示着跟我们的世界迥异的空间与维度，而这超现实的恐怖场景竟被一位未受高等教育的水手的日记印证！

约翰森一行在这座恐怖堡垒的烂泥斜坡边登陆，这里当然没有为凡人准备的阶梯，只能一步一滑地攀爬那些渗出黏液的巨大石砖。从饱受海水浸泡的魔窟里溢散的瘴气似乎扭曲了阳光，石砖与石砖之间疯狂而不可理喻的角度仿佛也在恐吓人类——乍看上去凸出之处，第二眼却成了凹陷。

探险者们举目所见只有巨石、黏液和杂草，心头却被越发高涨的恐惧占据，若非顾及脸面，他们早就拔腿逃跑了。一行人半心半意地寻找能拿走的纪念品，但一无所获。

第一个爬到坡顶巨石脚边的是葡萄牙人罗德里格斯，他大喊着自己的发现，同伴们连忙跟上，一起讶异地看向那扇雕花巨门，门上刻着这里司空见惯的章鱼与恶龙融合而成的怪物。约翰森形容那像一扇被放大无数倍的谷仓大门——大家一致认定那是"门"，因为它有雕花的门梁、门槛和门框，但大家对那扇门究竟是平躺的地板门，还是倾斜的地窖门意见不一。诚如威尔科克斯所言，几何规律在这里乱了套，海面和地面都不能作为参照，对事物空间关系的判断自也飘忽不定。

布里登到处推挤石头，巨门纹丝不动。多诺万灵巧地沿门边摸索，按下每一处凸起，随着他在怪诞的浮雕上不断攀登——当然，这是假定那扇门并非处于平躺状态——旁观者再度为门扉的规格惊叹不已。突然，巨大门板的顶部异常轻柔、异常缓慢地朝内开启，仿佛不受重力制约一般。多诺万立刻沿门框滑下——或者说爬下，抑或滚落——回到同伴们中间，大家一起注视雕花巨门诡异的动向。在这个视线有如被棱镜折射扭曲的地方，那扇门以藐视所有的物理原理和透视法则的方式沿对角线活动着。

门内浓浓的黑暗仿若可触的实体，这对约翰森一行来说倒是件好事，因其掩盖了本该显露出来的内墙。那片黑暗急于挣脱万古的束缚，拍打着翅膀喷涌而出，不多时便污染了萎缩的天空，太阳也明显暗淡下来。自门内的深渊飘出的恶臭难以形容，紧接着，耳朵最尖的霍金斯听见底下传来一阵令人作呕的泼溅声。所有人就这样失魂落魄地侧耳倾听，直到那个口水横流的怪物摇摇摆摆地闯入阳光中，拼命把凝胶状的绿色身躯挤过漆黑的门洞，暴露于疯狂之城乌烟瘴气的户外。

可怜的约翰森几乎写不下去了，他认为六个未能生还的同伴有两个是在那可怕的瞬间被活活吓死的。那古老得不可思议的魔鬼绝非任何一门语言所能形容，它颠覆了物理、能量和宇宙的法则，散发出地狱深渊的疯狂。哦，上帝啊，它就是一座摇摆横行的山丘！难怪在地球另一边一位著名建筑师发了狂，无辜的威尔科克斯也因心灵感应而神志紊乱！邪教徒的浮雕、石雕和石像的原型，来自群星有着黏软的绿色身躯的"古神"，它苏醒过来争夺权柄。群星终于再度就位，一帮无知水手误打误撞成就了从人类之始存续至今的教派处心积虑也未能达成的使命：经过亿万年禁锢，伟大的克苏鲁终于重获自由，迫不及待地要纵情杀戮。

在任何人做出反应前，松弛的巨爪便卷走了三个水手，他们是多诺万、格雷拉和安格松，愿上帝赐他们安息——如果宇宙中还有安息之地！剩下的三个水手狂乱地转身就跑，踩着仿佛没有尽头的绿色石头飞奔。途中帕克失足滑倒，约翰森发誓说他被石砖之间一个本不存在的角度所吞噬，那明明是个锐角，实际却成为圆角。就这样，回到小船上的只有布里登和约翰森，他们绝望地划向"警报号"，山丘般的怪物也跟着沉重地滑下黏糊糊的石头表面，但犹豫片刻后停在了水边。

尽管无人留守，好在蒸汽机并未熄火，布里登和约翰森在舵轮和引擎边一阵疯狂忙碌后发动了"警报号"。汽艇慢慢搅动饱受污染的海水，带着两人远离不可名状的恐怖现场，而在坟墓之城的石岸边，那个来自群星的庞然巨物口水横流、含含糊糊地咒骂着，活像波吕斐摩斯大骂远去的奥德修斯——不过，伟大的克苏鲁毕竟比神话里的独眼巨人更有胆识，它将油腻的身躯滑入大海，用宇宙洪荒之力划水追赶，掀起滔天巨浪。回头张望的布里登顿时发了疯，他不时尖声狂笑，直到某天夜里死在船舱，留下约翰森继续忘我地游荡。

但当时的约翰森并未失去求生意识。他心知"警报号"加到全速前就会被怪物追上，只能孤注一掷，于是先把引擎功率调到最大，继而飞也似的冲回甲板，猛力转舵。蒸汽机迅速增压，搅动恶臭的海水，就着越来越高的浪花和泡沫，勇敢的挪威人操纵汽艇直扑向紧追不舍的胶状恶魔——它耸立于不洁的浪涛之上，活像地狱的朦胧巨舰，从那颗可憎的章鱼头伸出的触须几乎扫到了勇敢的汽艇的艏斜桅，但约翰森没有掉头。紧接着，伴随气囊爆炸般的猛烈冲击，汽艇周围仿佛有无数翻车鱼被开膛破肚，弥散出一千个坟墓同时打开的恶臭，声响则无法诉诸文字。有那么一瞬，"警报号"完全被浓厚的绿色酸雾笼罩，随后约翰森扭头看去——老天在上！——只见那团沸腾的无名毒云，那个被撞得支离破碎的胶状天外来客，正在逐渐重组可憎的原形。"警报号"不敢怠慢，分秒必争地与之拉开距离。

一切就这样结束了，之后约翰森只是对着船舱里的石像发呆，偶尔为自己和身边痴笑不已的同伴寻找食物。那次勇敢的撞击仿佛让他丢了魂，从此他没再掌舵。4月2日，"警报号"遭遇大风暴，约翰森的意识也完全被阴云遮蔽，他感到自己在灌满液体的无底沟壑中打转，又或骑在彗尾上头晕目眩地飞过混乱的宇宙，再或歇斯底里地自深渊蹿向月球又落回深渊，而那些扭曲、狂喜的"古神"和长着蝙翼的地狱小绿鬼一直在齐声嘲笑他。

他在浑浑噩噩的梦境中得到拯救——"守夜号"、海事法庭、奥克兰的街道和返回埃格伯格老家的漫长旅程。他不敢说出实情，唯恐被送进精神病院，但他决心在生前写下所知的一切，只要瞒过妻子。说真的，怀有这些记忆，死亡亦不失为一种解脱。

以上便是日记的全部内容，我把原稿放进那个锡制箱子，跟浅浮雕和安杰尔教授的诸多文件收在一起。我本人留下的这份记录随后也会置入箱内，以兹证明自己心智健全，但我希望后人别再尝试拼凑真相了。见识过宇宙蕴藏的恐怖，暖春的天空于我已不再晴朗，盛夏的花朵也永难芬芳。我自知不久于人世矣。我的叔祖死于非命，可怜的约翰森亦不得善终，我很可能步他们的后尘，因为我知道得太多，而那个教派依旧存在于世。

我认为克苏鲁也存在于世，只是回到了太阳尚且年轻时便庇护着它的石窟中。被诅咒的城市再次沉没——"守夜号"于4月初的风暴后驶过那片海域，未见异常——然而克苏鲁在世间的仆人们依旧聚集于偏僻的角落，围绕供奉偶像的巨岩咆哮、雀跃和杀戮。巨石城市的沉没一定把它再次困在了漆黑的深渊，否则全世界早已哀鸿遍野。但谁知道未来会如何？崛起的可能再次沉没，沉没的可能再次崛起。可憎之物在地底蛰伏和酣梦，而地表拥挤的人类城市日渐腐朽，总有一天……不，我不愿也不堪设想！我衷心祈祷，假设自己生前未能销毁这份记录，遗嘱执行者会谨慎对待，切勿让第二双眼睛看到它。

H.P. 洛夫克拉夫特 著

神殿

（在尤卡坦半岛岸边发现的手稿）

我是卡尔·海因里希·冯·阿尔滕伯格－艾伦施泰因伯爵，德意志帝国海军少校，"U-29号"潜艇艇长。现在是1917年8月20日，我艇失去动力，坐沉于大西洋中部西经35度、北纬20度附近。我投出装有这份记录的漂流瓶，是希望披露某些非比寻常的事实。鉴于周遭环境诡异而恶劣，"U-29号"又彻底瘫痪，日耳曼人的钢铁意志已达临界点，无望生还的我没法亲自向公众陈述了。

　　6月18日下午，正如通过无线电向驶往基尔的"U-61号"报告的那样，我艇在西经28度34分、北纬45度16分的位置用鱼雷击沉了从纽约驶往利物浦的英国货船"胜利号"。为了给海军部拍摄优质纪录片，我们放任货船船员乘救生艇离开。沉船过程美如画，货船船首快速卜沉，船尾高高翘出水面，整体垂直插入海底。录制工作完美无瑕，可惜如此优秀的影像注定无法送回柏林。货船沉没后，我们用大炮干掉了那些救生艇才下潜。

　　日落时分，我艇浮回海面，在甲板上发现一具用奇怪的姿势抓着栏杆的水手尸体。那可怜虫年纪轻轻，皮肤有点黑，相貌挺英俊，可能是意大利裔或希腊裔，无疑来自"胜利号"。显而易见，他躲到击沉他母船的U艇上避难，却逃不过成为英格兰猪猡强加于我国的不义战争的牺牲品。我们在他身上搜索，外套口袋里有一尊颇古怪的象牙小雕像，模样是个戴桂冠的年轻人头颅。我的副手克伦泽上尉认定这是个古董，艺术价值不菲，便据为己有——至于这等货色怎会落到一介普通水手手中，我和他均不得而知。

丢弃死尸触发了两起意外，严重影响到我艇士气：一是将那家伙掰下栏杆的动作导致那双紧闭的眼睛随之睁开，许多艇员浮想联翩，认为死人嘲讽地直瞪着弯腰搬动它的施密特和齐默；此外，水兵长穆勒是个迷信的阿尔萨斯老蠢猪，对这种事格外激动。他一直注视着尸体沉没，事后信誓旦旦地声称死人刚沉下去便伸开四肢，在波涛下快速游向南方。我和克伦泽都十分厌恶这帮乡下愚民的蠢话，遂严加训斥，尤其责备了穆勒。

然而麻烦在第二天纷至沓来。部分艇员因身体不适难以尽职，他们显然被长途航行引发的精神焦虑弄得噩梦缠身，有人甚至到了浑浑噩噩、形同痴呆的地步。确认并非作伪后，我允许他们离岗休息。其时海况不佳，我艇被迫潜入平静的深海，环境虽安稳下来，却受到一股海图未加标注的神秘南向洋流影响。病号的呻吟让人心烦意乱，但只要其他艇员还过得去，我们也不便采取极端措施。我们计划留在原地，根据纽约的间谍发来的情报，截击班轮"达契亚号"。

傍晚，我艇上浮时海况有所改善。北边海平线可见一艘战列舰的烟柱，但相距甚远，有充足时间下潜躲避。值得忧心的反倒是夜幕降临后愈加疯狂的水兵长穆勒，他像个没家教的孩子一样喋喋不休，重复自己的幻觉，说什么在水下看见许多尸体从舷窗外游过，那些尸体死盯着他——它们都泡胀了，其中不乏德意志海军的辉煌战果，而我们在甲板上发现并抛进海里的年轻人成了它们的首领。这话实在反常到骇人的地步，于是我命令把穆勒铐起来，又狠抽了他一顿鞭子。艇员对此不服，但我必须严肃军纪；他们又推齐默做代表，请愿将古怪的象牙头颅雕像扔进海里，同样遭到我和克伦泽的严词拒绝。

6月20日，昨天害病的两名水兵博姆和施密特陷入狂躁疯癫的状态。我很后悔艇上没配备医官，毕竟德国人的生命十分宝贵，可这两人不停宣扬什么可怕的诅咒，完全扰乱了军心，我们只能断然采取极端措施。艇员郁郁不乐地接受了处置，穆勒也似乎因此安静下来，不再捣乱。当晚我们便释放了他，他默然回归岗位。

接下来的一周，所有人都绷紧神经守候"达契亚号"。穆勒和齐默于此间失踪是对士气的进一步冲击，尽管没有证人，但他们定是疑神疑鬼到投海自尽了。其实，我很欣慰能摆脱穆勒，他的沉默对艇员也有负面影响，可后来人人都不作声，似乎全把恐惧压在心头。很多人病倒，但谁也不敢再找麻烦。克伦泽上尉顶不住压力，一些鸡毛蒜皮的小事都能让他乱了方寸，譬如跟随"U-29号"的海豚不断增加，那股海图未加标注的南向洋流也越发强劲。

最终，我们不得不承认错过了"达契亚号"。这种失手并不罕见，我们的欣慰大于失望，因为如此一来就能顺理成章地返回威廉港。6月28日中午，我艇转向东北，在多到反常的海豚的可笑纠缠中迅速返航。

下午2时，轮机舱毫无预警地突然爆炸。事故并非出于机械故障或人为疏忽，我艇猝不及防地承受巨震，整个舰体都剧烈摇晃起来。克伦泽上尉赶到现场，发现燃料箱及大部分动力装置已被炸碎，机械师拉贝和施耐德当场牺牲。形势一下子变得极为严峻，虽然空气再生装置完好无损，剩余的压缩空气和蓄电量亦足以让我艇保持上浮下潜、开闭舱门的功能，却无法航行或转向。击沉"胜利号"后，我们的无线电就没联系上任何一艘帝国海军的U艇，若此时弃艇登上救生船，等于把自己交到伟大祖国不共戴天的死敌手中。

从事故发生到7月2日，我艇无奈地持续向南漂浮，未曾遭遇任何船只。海豚依旧围绕着"U-29号"，考虑到这段随波逐流的距离之长，委实教人称奇。7月2日早上，我们看见一艘悬挂美国国旗的军舰，焦虑不安的艇员有意投降，最终克伦泽上尉不得不开枪射死置德国人的尊严于不顾、胆敢犯上作乱的水兵特劳伯。骚动暂时平息，我艇赶在被发现前遁入深海。

次日下午，南方出现大群海鸟，海面波涛汹涌。我们起初关上舱门静观其变，后来却不得不下潜，以免被如山巨浪碾成齑粉。下潜会消耗仅剩的电量和压缩空气，使得潜艇最终彻底瘫痪，但当时别无选择。我们潜得不深，数小时后海况缓和即决定上浮。此时变故又生，我们用尽一切手段也无法恢复对潜艇的控制。海下的幽闭让艇员愈加恐慌，有的家伙又开始嘀咕克伦泽上尉的象牙雕像，只有看到自动手枪才住嘴。我们尽量让这帮可怜的疯货保持忙碌，加紧鼓捣机器——纵然大家心知肚明，潜艇恐怕修不好了。

克伦泽与我轮班执勤，7月4日凌晨5时许，哗变终于在我休息的当口爆发。剩下的六个猪猡水兵出于强烈的失败主义情绪，突然暴怒地指责我们两天前不肯向扬基佬的军舰投降。他们精神错乱地咒骂、破坏，不分青红皂白乱砸设备和器具，完全暴露了劣等兽性。他们高喊着莫名其妙的话，胡说什么象牙雕像的诅咒，又说死去的黑皮肤年轻人游在艇外注视着他们。克伦泽上尉被吓得六神无主——不愧是个软弱的莱茵兰娘娘腔——只能由我来执行必要的处置，将叛徒一个不留地射杀。

他们的尸体被丢出双联舱口后，"U-29号"只剩下我俩。克伦泽非常紧张，于是大肆酗酒。我俩决定利用那帮疯癫下贱的猪猡水兵来不及破坏的大量口粮和氧气制剂，尽可能活下去。由于罗盘、深度计及其他精密仪器全遭毁坏，此后只能靠手表、日历以及舷窗和指挥塔中所见景象来推算位置。幸运的是蓄电池足以长期支撑舱内照明和外部探照灯，我们经常用探照灯照射周围，却只见并排向南游动的海豚。我不禁对那些海豚产生了科学兴趣：照理说短吻真海豚是鲸目哺乳动物，必须呼吸空气，但我盯着其中一只看了近两个小时，并未见它上浮换气。

日子一天天过去，克伦泽和我认定潜艇仍在向南，并越潜越深。我们观察到一些海洋动植物，我还拜读了许多当初为消遣而带上来的相关书籍——可惜身边的同僚不但欠缺科学素养，亦没有普鲁士人的节操，只顾沉浸于廉价的妄想。步步逼近的死亡对克伦泽造成了奇特影响，他成天向被我们送入海底的男女老少祈祷忏悔，全然忘了为德意志祖国效忠的高尚。不久后，他的精神越发失衡，常常盯着象牙雕像看上数小时，就海下的失落与被遗忘之物乱编故事。有时我会拿他做心理实验，诱导他发散思维，没完没了地引用诗文、讲述沉船的传说。我非常可怜他，同胞受苦令我心如刀绞，但他不配与我携手捐躯——身为祖国缅怀、子孙景仰的模范，我的骄傲不容玷污。

8月9日，我们终于见到海底。探照灯的强光揭示出绵延起伏的海床，其大部分被海藻覆盖，小型软体动物的壳散布其间。这片平原间或可见披着海草又爬满藤壶、黏黏糊糊的不明物，克伦泽一口咬定那便是在此安息的古代沉船——他对某个硬东西又尤为在意，那东西自海底凸出，最高处达四英尺，粗约两英尺，光滑的顶端与平整的侧面形成一个大大的钝角。我认为那是块裸岩，克伦泽却看到上面有雕刻。他看了一会儿就开始颤抖，畏畏缩缩地别过身去，我断定他只是不堪忍受深海的广袤、幽暗、深邃、古老和神秘罢了。与这个精神上的弱者不同，我保持着日耳曼人的意志，很快注意到两件事：第一，"U-29号"完全承受住了水压，而那些奇怪的海豚依然跟着我们，依照大多数博物学家的说法，深海不存在高等生物，看来我对深度的估算偏大，但无论如何，这也算得上一桩奇景；第二，根据海底的环境变化判断，潜艇的南行速度与我之前在较浅处以海洋生物为基准估算的差不多。

8月12日下午3点15分，可怜的克伦泽彻底疯了。他应该在指挥塔操作探照灯，却突然闯进我坐着看书的阅读室，内心的扭曲惶恐一望即知。在此，请允许我忠实复述他当时的言语，并于着重处画线标注："袖在召唤！袖在召唤！我听到袖了！我们必须去！"他叫嚷着抓起桌上的象牙雕像塞进口袋，又拽住我的胳膊把我拖往通向甲板的扶梯。我猛然醒悟：他想打开舱门，与我同归于尽。这强烈的自毁倾向和杀人执念真是始料未及。于是我往回拽他，并加以安抚，但他越发狂暴，嘴里念念有词："赶紧过来，否则就来不及了，忏悔与宽恕胜过抗拒和惩罚。"我改变策略，厉声谴责他在发疯、精神不正常。他仍不为所动，继续号叫道："发疯才是仁慈！因迟钝而清醒的人类，愿诸神怜悯他吧！可怕的终点近在眼前，快来啊，发疯吧，袖依然在仁慈地召唤！"

这番折腾似乎宣泄了脑中压力，号叫过后他态度软化，声明若我不打算同行，就请放他独自离去。我的选择顿时变得非常明显：他的确是我的同胞，但来自莱茵兰又仅为一介平民，现下更成了具有潜在危险的疯子，而我只消批准自杀申请，就能立刻摆脱这致命的累赘。我要他先交出象牙雕像，他报以我没法模仿的诡异长笑；我又问他要不要留下信物或一缕头发，万一我能获救，回到祖国可捎给他的家人，他再次报以诡异的长笑。最后他爬上梯子，我来到操纵杆前，适当停顿后便送他去死。当我认定他已不在艇内，便打开探照灯四下扫视，想瞧他最后一眼，主要是确认水压是否会如理论中那样将人压扁，又或尸体跟那些奇怪的海豚一般不受影响。但我没能找到这名最后的同伴，因为海豚挤得密密麻麻，遮挡了指挥塔的视线。

　　当晚我开始后悔，为什么没在可怜的克伦泽离去前从他口袋里顺走象牙雕像？它的样子突然让我魂牵梦萦。我的艺术细胞不多，却无论如何也忘不掉那个戴桂冠的俊美青年的容颜。而且现在也没人能交流了，克伦泽不若我这般意志坚强，但好歹是个人。我整晚辗转难眠，一直想着即将迎来的终点，毕竟获救概率微乎其微。

　　翌日，我重登指挥塔，像往常一样打开探照灯搜索。见到海底的四天来，北边的景象无甚变化，但我感觉"U-29号"的漂流速度有所放缓；光柱照向南面，前方的海床出现明显的下降坡度，某些地方的石头过于规整，就像特意排列的一样。潜艇当然不会立刻降到大海海沟底部，我不得不赶紧调整探照灯，使那锐利的光柱转朝下方。怎料过大的动作造成线路中断，我花了好些时间修理，光线才最终倾泻进下方的海底深谷。

　　感性服从理性是我践行不渝的信条，但探照灯揭示的景象委实令人无话可说。身为普鲁士培育的栋梁，我不该感到这么震撼，毕竟地质学和常识描述里都不乏沧海桑田的剧变，然而眼前究竟是何等的场面呢？我看到一排又一排绵延不尽、精巧壮观的废弃建筑，它们全都十分宏伟，却看不出属于哪种已知的建筑风格，完好程度亦不尽相同。大部分建筑材料像是大理石，在探照灯的照射下泛出白光。整体来看，这是一座位于狭窄谷底的大城，上方的陡坡则星罗棋布地点缀着独立的神庙与别墅，而就算房顶个个塌落、立柱根根倾颓，这里仍散发出永恒而难以磨灭的上古荣耀。

　　我一直以为亚特兰蒂斯仅是个传说，眼前景象宛如拨云见日，真恨不得立刻展开探索。谷底曾有河流，我靠拢观察时，不禁为石块和大理石砌成、今已残破的桥梁和防波堤，以及曾经青翠美丽的梯田与路堤目眩神迷。兴奋之余，我变得像可怜的克伦泽一样愚笨且短视，迟迟未能注意到那股南向洋流已然消散，"U-29号"得以像飞机在地面着陆一般，缓缓下降到沉没之城中。同时我也后知后觉地发现，那群奇怪的海豚也不见了。

　　潜艇花了近两小时下降，最后停在靠近山谷岩壁的石砌广场上。潜艇的一侧可见广场外的市区顺势而下，直到昔日的河岸，潜艇的另一侧贴近某个装饰华丽、正面保存完好的巨型建筑，显然是从坚固岩壁中挖凿出的神殿，如此庞大的工程所采用的技术我不得而知。神殿伟岸的正面有一排连续不断的凹孔，应该是繁多的窗户，中央那个敞开的硕大门洞连通着巍峨的台阶，而整扇门都被描绘酒神节狂欢般的精美浮雕围绕。最靠外的是壮丽的立柱和楣梁，其表面亦雕满美轮美奂的画面，内容不外乎理想的田园风光，还有一列列男女祭司拿着陌生的法器礼拜一位光芒四射的神祇。这些非凡而完美的作品总体意象偏希腊风，却又有独到之处，从那强烈的古韵中，不难看出它们恐怕才是古希腊艺术的鼻祖。我同样确信，巨型建筑的每个细节都是在天然岩壁上雕凿实现的，并与岩壁融为一体，这里可能最初有一个或一连串洞穴，难以想象后来掏出了多大的空间。岁月和浸泡没能侵蚀神殿不朽的威仪——若非神殿，它还能是什么？——千秋万代后它依旧凛然而不可侵犯地矗立在深海峡谷的沉寂永夜之中。

我痴痴地盯着这座沉没之城的房屋、拱门、雕像和桥梁，以及美丽而神秘的巨大神殿，不知看了多久。死期将至，好奇心却变得异常旺盛，指引我运用探照灯饥渴地搜寻。然而光柱固然呈现了诸多细节，却没法照亮岩壁神殿敞开的大门中的情况。为节省能源，我最终只能关掉探照灯——几周来的漂流已让它明显暗淡下去——怎料突如其来的黑暗却让探索海底秘密的欲望空前强烈。我，一个地地道道的德国人，决心首先踏足万古之前被遗忘的都市！

我取出金属焊接的深海潜水服仔细检查，确认手提灯和空气再生装置一切正常。独力操作双联舱口有些困难，但我深信自身掌握的科学技能足以克服阻碍，踏入外面的死城。

8月16日，我成功走出"U-29号"，艰难涉过淤泥堵塞的废弃街道，来到古老的河道旁。沿途未见尸骨等人类遗骸，但雕塑和钱币等文物已透露了充足的信息，看来在欧洲仅有穴居人游荡、尼罗河只能寂寞地奔流入海时，此文明已迈入全盛，对此我唯有由衷地敬畏与赞叹。倘我留下的这份记录能被发现，想必其他人可在其指引下前来解开这些我知之不详的谜团。电池的电量变低后，我返回潜艇，决定第二天去探索岩壁神殿。

17日，揭开神殿之谜的冲动前所未有地强烈，我却不得不面对沮丧的现实：用来给手提灯补充能源的材料叫猪猡们上月的哗变给毁了。我怒不可遏，最终是日耳曼人的理智阻止了我不管不顾地闷头钻进伸手不见五指的神殿，那里说不定是不可名状的海底怪物的巢穴，也可能是永远辨不清方向的螺旋迷宫。我能做的只有打开

"U-29号"日益暗淡的探照灯，借助灯光爬上神殿台阶，研究外部雕刻。光柱斜向上照进大门，我不时急切地往里瞥去，但一无所获，连天花板都瞧不见。我用棍子试探过地面，往里走了一两步又踌躇不前——我生平头一回心生畏惧，这种盲目的情绪不断攀升，乃至与可怜的克伦泽有些感同身受了。神殿仿佛在拉扯我，执意要我融入那幽暗深涧。回到潜艇后，我关掉照明，坐在黑暗中回味。眼下，节省能源以备不时之需才是重中之重。

18日星期六，我整天在黑暗中度过，被各种各样的念头和记忆折磨，日耳曼人的意志正逐渐崩溃。克伦泽在抵达这个邪恶的远古遗迹前就发疯自戕，还曾力促我与他同行。难道命运女神对我的怜悯，就是让我到头来孤独地走向任何人都不堪设想、连做梦也梦不到的恐怖终点？我的心灵承受着清晰而痛苦的拷问，我必须摆脱弱者的迷惘。

那晚我根本睡不着，最终任性地打开灯。想到能源会比空气和食物更早耗尽，我就恼火不已。我怀着自暴自弃的打算，检查了一番自动手枪，快到清晨时没关灯就昏睡过去。醒来已是下午，周围一片漆黑，蓄电池无疑已经见底。我划了些火柴来代替，并为许久前毫无远见地浪费掉艇内仅有的几根蜡烛而后悔不迭。

划完最后一根可以挥霍的火柴，我静坐在黑暗中，思考必然的结局。回溯两个月来的经历，某个一直隐忍未发的念头变得空前强烈，而它足以让迷信的弱者瑟瑟发抖：岩壁神殿的雕刻上那位光芒四射的神祇的头颅，与溺死的年轻水手从大海中得到，又被可怜的克伦泽带回大海的象牙雕像是一样的。

这样的巧合让我有点头晕目眩，但不至于恐慌，浅薄之人才会性急地抓住一知半解的超自然因素，来解释特殊而复杂的客观现象。巧合与否，我都得坚定地秉承因果论，排除毫无逻辑的想法，不能将从击沉"胜利号"到如今陷入绝境之间的种种灾祸全部诉诸神秘主义。我有必要多作休息，于是服用镇静剂来助睡，然而精神状况影响了梦境，我似乎听见即将溺毙者的哭号，还看见死人的脸贴在潜艇舷窗上——在许许多多死者面孔中，有一张鲜活而带着嘲笑，正是象牙雕像上的年轻人。

今天醒来后发生的一切我必须格外谨慎对待，由于神经极端衰弱，现实中肯定掺杂着大量幻觉。我的心理状态想必极富研究价值，可惜没有德国的权威专家进行科学观察。睁开眼的那一刻，我就抑制不住进入岩壁神殿的渴望，这份渴望每分每秒都在增强，我只能唤起本能的恐惧来勉强抵御；接着，我在能源耗尽的黑暗中看到了光——水中的磷光似乎自神殿那一侧的舷窗外照了进来。这当然很奇怪，因为据我所知，没有深海生物能发出如此强烈的光；我没来得及调查，又产生了第三种感觉，而它大悖常理，以至于我对一应感官的客观性都产生怀疑——一段有节奏和韵律、癫狂却又相当优美的赞美诗或合唱圣歌，穿透"U-29号"完全隔音的船体传了进来。这只能是幻听，为消除心智与精神的异常，我又划了几根火柴，并灌下一瓶溴化钠口服液，好让自己冷静。幻听果然消失了，但磷光还在，我情不自禁地升起一股幼稚的冲动，只想扑到舷窗边观看。光线是如此真实，足以让我辨出周遭熟悉的物品，包括溴化钠口服液的空瓶——但它不在我刚才放下的位置！这莫名其妙的状况终于说服我穿过房间去碰那个瓶子，真切的触感让我体会到，舷窗外的光线要么是真实的，要么就是非常顽固持久、根本无法驱散的幻觉。我只能放弃抵抗，登上指挥塔去寻觅光源。也许那是另一艘 U 艇，带来了不敢想象的救援？

这份记录末尾部分的客观性，读者理应存疑，从事态超越自然法则的节点开始，我过度焦虑的精神势必进行过主观而虚妄的捏造。我来到指挥塔，发现深海远不及预计的明亮。一片黑暗中，我并未发现动物或植物的磷光，也看不清沿斜坡延伸到河边的城市——我所目睹的光源谈不上夸张、怪诞或恐怖，却让我失去了对自身理智的最后一点信任：岩壁上开凿的海底神殿的大门和窗户闪烁着明明灭灭的强光，祭坛的圣火仿佛在幽深的殿内熊熊燃烧。

后续发展相当混乱……我盯着发出神秘光辉的门窗，奇妙的场景在眼前浮现——的确是过于奇妙了，言语根本无从描述。神殿里的种种事物隐约可见，有的固定静止，有的正在移动。醒来时听到的魔幻圣歌再度传入耳中，我的万千思绪和无尽忧惧最后汇聚于来自大海的年轻人，及他携带的跟神殿门楣和立柱上的脸一模一样的象牙雕像。可怜的克伦泽，不知他把雕像带回大海后葬身何处？他试图警告我，我却满不在乎，而这只能怪他是个容易发疯的莱茵兰娘娘腔，不能像普鲁士人那样泰然面对挫折。

我的选择再次变得非常明显：进入神殿的渴望已成为难以解

释、蛮横专断、不可抗拒的命令，除开无关紧要的安排，日耳曼人的意志再也无法主宰任何行动。当初将克伦泽逼上绝路，令他毫无防护、无牵无挂地纵身入海的正是这种疯狂，可我毕竟是理性至上的普鲁士人，必须留住最后几分理智——既然离开潜艇已不可免，我赶紧找出潜水服、头盔和空气再生装置，以备随时穿戴；我还匆忙写下这份潦草的记录，希望它有朝一日能见天日。我会把手稿装进漂流瓶，在与"U-29号"诀别时托付给大海。

我不害怕旅程的终点，也不担心疯子克伦泽的预言。眼前所见绝非真实，待空气用尽，占据我意志的疯狂亦会在窒息中毁灭。神殿的光辉是彻头彻尾的幻觉，我将像个堂堂正正的德国人一样平静地死在无人知晓的漆黑深海，而落笔时听到的魔鬼笑声，亦不过出于逐渐困顿的大脑的捏造。我将仔细穿好潜水服，勇敢踏上台阶，走进远古神殿，见证被深邃大海和悠远岁月埋藏的沉睡秘辛。

H.P. 洛夫克拉夫特 著

3

无名之城

我接近这座无名之城时，便知它受了诅咒。趁着月色，我走过一条干涸可怖的河谷，远远望见城市神秘地匍匐在黄沙之上，仿佛简陋的坟墓中暴露的尸体。这座石头城历经大洪水而幸存，饱经风霜的程度令人畏惧，世间最古老的金字塔在它面前也只好俯首称臣。无形的气场阻拦着我，强令我离开这不该被人类窥视——也无人敢于窥视的——尘封已久的罪恶秘密。

　　无名之城坐落在阿拉伯大沙漠深处，寂寞而破败，千百万年的黄沙几乎掩埋了低矮的城墙。早在孟斐斯奠基和巴比伦建城之前，它已是这副模样，由于比所有传说更古老，故而名不见经传，亦不知昔日景象。但人们总在篝火旁窃窃私语，老妪也会在酋长的帐篷中轻声告诫，于是所有部落都下意识地远离它。疯诗人阿卜杜勒·阿尔哈扎德曾在夜里梦见这座城池，次日便吟出了那个费解的对句：

　　　　已逝之尊永长眠，
　　　　万古幽溟死亦生。

　　无名之城异闻缠身且无人涉足，我本该明白阿拉伯部落的避讳必有道理，当时却不以为然地牵起骆驼，毅然迈向荒芜的废墟。就此我独自见证了它，旁人脸上不曾留下这般恐惧的线条，夜风吹动窗扇时也不会这样瑟瑟发抖。悚然死寂的天地间，我迎着灼热沙漠上的冷月，走近永眠的古城。可它阴森的注视半途就打消了我胸中的喜悦与欢欣，教我不得不拉住骆驼，等待天明。

好几个钟头后，东方泛灰，星辰暗淡。灰色随即又成了镶金边的玫瑰色，我听到一阵悲鸣，目睹沙暴在古老的石垣间肆虐，然而天空却澄澈明净，大漠也波澜不兴。突然，太阳从遥远的沙漠地平线露出耀眼的轮廓，光芒刺透了渐渐消散的小型沙暴，狂喜的我仿佛听见地底深处乐曲似的金属敲击声，宛如尼罗河畔的门农像一般为这熊熊燃烧的圆盘欢歌。当我牵起骆驼缓步走过沙地，前往木讷的石头城时，耳畔依旧回荡着浑厚的回音，想象力随之肆意奔驰——这可是埃及人和麦罗埃人都不记得的地方，我将成为首位访客。

城内房屋和宫殿的地基已严重风化，漫步其间的我没发现任何雕刻或铭文，无从知晓在久远的过去建造并居住于此的人类——如果说真有这样的人存在。鉴于废墟古老得教人心悸，某些尺寸和比例又隐隐令我不适，我非常渴望能找到一些证明人类存在的符号或图案。我用随身携带的诸多工具在倾颓的楼厦内挖掘，但进展缓慢，也没什么值得一提的成果。当月色伴随夜幕重临大地，一股冷风令我再生恐惧，不敢留在城内，只好退到古老的城墙外休息。月光皎洁，沙漠静谧，却有小型沙暴在我身后聚集，悲鸣着掠过灰色石堆。

黎明刚到，我便自光怪陆离的恐怖噩梦中醒来，耳边回荡着与昨天一样的金属敲击声。通红的太阳射穿了无名之城上那场小型沙暴最后几丝盘旋的气流，更衬出大漠的平静，于是我壮起胆子再次进入沉默的废墟，薄薄一层风沙掩埋不了它的臃肿体格，犹如被单盖不住食人怪兽。我继续徒劳地挖掘，努力搜寻被遗忘的族群留下的痕迹，直到正午才稍作休息。我把大半个下午用来研究城墙、古街道以及几乎倒塌殆尽的房屋。这座城市显然有着辉煌过往，却不知源起何方。在我心中搭建的恢宏图景里，它属于迦勒底人亦无法追忆的上古纪元，堪比人类的少年时代东尔大陆上被毁灭的沙那斯，以及早于人类的灰石之城伊班。

突然，我撞见沙地中直直升起的基岩，并在那低矮的断崖上惊喜地发现了史前居民的蛛丝马迹。从崖壁表面来看，这里显然开凿过许多矮小的石屋或庙宇，长久以来的沙暴虽已磨去可能存在的外部浮雕，但其内部或许隐藏着许多自无法估算的古代流传下来的秘密。

附近的开口都黑漆漆的，过于低矮又塞满了沙子，我用铁锹清出一条路，点起火把爬进这神秘的处所。洞内的确是座神庙，有许多明显迹象表明某个族群曾在沙漠形成前于此生活和祭祀。原始的祭坛、柱子和壁龛一应俱全，不过都莫名地矮，虽然我没发现任何雕刻或壁画，却有很多独特的石头被塑造成具有象征意义的符号。无论如何，神庙实在开凿得太低，我跪下才能勉强直起身，室内空间又极大，一根火把委实不够用。最奇特的是，远处某些角落令我不寒而栗,那里的祭坛和石头似乎参与了早已被遗忘的可怕又可憎的仪式,透出难以言说的诡异。究竟是谁,建造并出入于这样的神庙呢? 我大致看完便爬了出去,急于探索其他被埋葬的庙宇。

暮色已深,但实地考察的新成果令我的好奇心大为膨胀,并未像初见无名之城时那样被道道顾长的月影吓跑。我借助微光清出又一个开口,带着新火把爬进去。这里有更多含义不明的石头与符号,但不比前一座神庙更独特,空间同样低矮,面积却小得多。神庙尽头连接着非常狭窄的通道,通道两边布满不可名状的神秘神龛。我窥探神龛时,外面突然风声大作,骆驼的惊叫打破了宁静,迫使我不得不退回去照看。

明月的银光洒在远古废墟之间,照亮了稠密的砂云,后者成因似乎是前方断崖某处逐渐减弱的劲风。我认定惊扰骆驼的元凶便是这飞沙走石的寒凉气流,正待牵它找地方躲避,不经意间却瞥见断崖顶上并没有风。这让我非常惊异,乃至再起疑惧,但转念想到先前数日的见闻,看来此地日落日出时的风总是突如其来、不足为怪。我推测此风源自某条岩缝深处的洞穴,于是盯住飞沙寻找,很快发现南面接近视野尽头处另一座神庙的漆黑门洞。我顶着呛人的砂云艰难走向神庙,靠近后发现它比之前去过的神庙都要大,入口处堆积的结块沙子也少些。冰冷的劲风从乌黑的门洞中狂泄而出,差点吹灭火把,又卷起黄沙冲进诡异的废城,一路发出不祥的悲鸣。我一时驻足不前,很快风势减弱,沙子也跟着平静下来,停止了骚动,但我总觉得什么东西依然鬼魅地游荡在石头城内,头顶的明月也如同被惊扰的水面般起了涟漪。不管怎样，难言的畏惧不足以抵消探险的欲望，风势平息后，我便踏进它所发源的黑暗石室。

这神庙如预料那样大于之前去过的神庙，原本应是天然洞穴，也只有这样，其深处方能形成劲风。我在这里可以站直，但石头、祭坛等物与其他神庙一样低矮。这里的墙壁和天花板上首度出现了远古民族留下的绘画残迹，虽然那些奇特的弯曲线条已褪色和风化得快看不清了。更令我兴奋的是，某两座祭坛上有一些由精心雕凿的曲线组成的复杂图案。我举起火把，又感到天花板过于规整，不像天然形成——史前的石匠究竟是怎样工作的呢？他们的工程技术一定极为精湛。

摇曳的火把突然爆出个奇妙的火花，令我看到了一直苦苦寻觅的深穴内部的出风口。那是一扇小门，明显由外力在坚固岩石上开凿而成，带给我不小的震撼。我将火把探入，发觉门后为漆黑的甬道，低矮的拱顶下有无数极其窄小、工艺粗糙、陡峭下降的台阶——我至今仍时常在梦中见到那些台阶，它们的意义令我刻骨铭心，然而当时我甚至搞不清该叫它们台阶还是陡坡上简陋的落脚点。各种疯狂的念头在脑内搅成一团，阿拉伯先知的话语和警告仿佛跨越沙漠，从远远避开无名之城的人群口中传来。但我只犹豫片刻便穿过开口，像下梯子般一步一步谨慎地走下陡峭的甬道。

此番下行的感受，旁人恐怕只有服用大量致幻药或精神错乱时方能领会。狭窄的通路像一口无限延伸的可怕的闹鬼枯井，举在头顶的火把根本照不出我所爬进的未知深渊。我失去了时间概念，也忘记看表，只要想到走过的距离便心惊胆战。甬道变了几次方向，陡峭程度也时而不同，有很长一段路又矮又平，连跪都没法跪，我只能把脚探到身前的石地上蠕动，同时伸长手臂将火把举在脑袋后面。那之后又是更多陡峭台阶，在没完没了的下降中手头挥舞的火把熄灭了，我竟然没当即察觉，还将它高举着照明。探索奇妙与未知事物的本能无疑是我的魔障，正是它驱使我浪迹天涯，屡屡涉足古老偏远的禁忌之地。

黑暗之中，被我视若珍宝的歪门邪道一一闪现心头：阿拉伯狂人阿尔哈扎德留下的文字、达马希乌斯那部真伪不明的《噩梦》中的选段，还有高蒂耶尔·德·梅茨虚妄的《世界图景》里声名狼藉的句子。我复述这些怪异的引文，低声回顾阿夫拉西阿卜及与他一道顺着乌浒水漂流的恶魔，又反复背诵邓萨尼勋爵的名句"没有回响的黑暗深渊"。当下行坡度变得异常陡峭时，我开始吟唱托马斯·穆尔的咏叹诗，直至恐惧令我无法继续：

> 若毒药兮巫之釜，
>
> 固难行兮且留步。
>
> 月之蚀兮炼其纯，
>
> 貌丰盈兮涧潭心。
>
> 杳冥冥兮暗沉沉，
>
> 俯身观兮股战战。
>
> 觑深壑兮目欲裂，

石若玉兮似琉璃。

黑而深兮死之海，

浪滔滔兮湿滑岸。

　　等我再次踏上平坦地面，时间仿佛已经停止，天知道这地方离头顶那些神庙有多远。好歹这里的空间更高一些，虽不容完全站立，至少能跪直。我在一片漆黑中四下爬行、胡乱摸索，很快发现自己身处狭窄的回廊，两侧墙壁排满正面为玻璃的木盒。这个历史久远又深奥莫测的地方怎会有抛光的木头和玻璃？我心里不由得阵阵发毛——这些长方形盒子显然是等距横向排列，其形状和大小都让人毛骨悚然地联想到棺材。我试图移动其中两三个盒子做进一步调查，却发现它们都被牢牢固定住了。

　　我匍匐着快速前进，只盼早点爬出漫长的回廊——若有谁暗中旁观，我慌张的丑态想必一望即知——途中不时左右换位，感受周围环境，但墙壁和盒子始终未变。人类丰富的想象力令我几乎忘掉黑暗，眼前栩栩如生地出现了一条无限延伸的廊道，而其墙壁下端总是一成不变地安放着木头和玻璃做的盒子。而后，在一个突兀的瞬间，我怀着难以形容的感情目睹了真相。

　　话虽如此，其实我并不清楚视觉与幻想重叠的界限，只是前方的柔光——也许是地下未知的磷火——蓦地勾勒出回廊和盒子的模糊轮廓。最初光芒尚且暗淡，一切都符合想象，随着我笨拙而机械地继续爬行，渐强的光线揭示的场景便令幻想相形见绌了。这原来是个保存艺术品的厅堂，与地面城市遗迹中的粗陋庙宇不同，其风格极尽华美与奇异。墙壁和天花板被生动鲜活、天马行空、连绵不断的壁画覆盖，壁画的色彩与笔触都匪夷所思；盒子的材质是奇异的金色木头，正面镶以典雅的玻璃，内里盛放着人类最混乱的噩梦中都不会出现的丑八怪变成的干尸。

该怎样形容这些怪物？它们属于爬行类，部分外观让人联想到鳄鱼或海豹，但基本是博物学家和古生物学家闻所未闻的模样。它们的体形接近人类侏儒，前肢末端显然有十分灵活精巧的脚掌，与人类的手掌和手指奇特地相似，最怪异的部位则是违背所有已知生物法理的头部，朱庇特大神也没有如此壮硕突出的前额，而无鼻、生有犄角和鳄鱼般的下颚更不知出于何科何属。对于盒子里的怪物，我很难找到恰当的比喻——乍看上去既像猫又像人，既像斗牛犬又像山林之神——乃至有些怀疑它们并非真正的干尸，而是艺术模型，但最终也只能推定这是无名之城鼎盛时期存在的某个物种。它们大多被精美昂贵的织物包裹，披挂着许多金银珠宝及不知名的闪亮金属，更衬得样貌丑怪。

这些爬行生物一定十分重要，墙壁和天花板上的狂野壁画凸显了它们的存在，画师以巧夺天工的技巧呈现的异世界城市和花园均符合其体貌特点。我想，这多半是崇拜它们的民族留下的历史寓言，用爬虫的形象来指代自身，或许对无名之城的古代居民来说，这些生物有如母狼之于罗马，抑或某些图腾野兽之于印第安部落。

抱着这种观点，我大致解读出无名之城的恢宏史诗。看样子，早在非洲大陆自波涛下升起以前，一座富饶强大的海岸都市曾统治世界，后来海洋收缩，沙漠侵吞了供养城市的肥沃河谷，它便渐渐衰落下去。壁画抒写了它的战争与胜利，困境和失败，以及抵御沙漠化的艰苦斗争。最终，数以千计的子民——以畸形爬虫为艺术象征——不得不凭借惊人的技艺向地底开凿，前往先知许诺的新世界。与此相关的画面无比怪诞却又充满真实气息，与我此前漫长的下行路途有着惊人的相似之处，我甚至认出了某些甬道。

我沿回廊继续朝亮处爬，目睹了壁画史诗的下一节：这个在无名之城及其周边河谷生活了一千万年的民族的离去。他们的灵魂不愿离开生息繁衍的故土，毕竟地球尚且年轻时他们就在此游牧，并于最初的岩石上雕凿出膜拜至今的原始祭坛。就着逐渐明亮的光线，我细细品味壁画，根据作为艺术象征的古怪爬行动物，推测无名之城的风俗。许多细节奇特且费解，这个拥有文字书写体系的文明显然比千百万年后才出现的埃及和迦勒底更先进，却存在古怪的缺陷。譬如除开战争、暴力和瘟疫，我找不到对死亡乃至丧葬的描绘，缄默于自然死亡意味着什么？或许他们高度遵从长生不朽的理想。

回廊接近尽头的地方，壁画最为逼真、奢华和铺张，地表被遗弃和荒废的无名之城，与凿开岩石抵达的神奇的新王国或乐土形成鲜明对比。画师频繁而巧妙地运用空灵的手法来描绘月光倾洒的城市和沙漠河谷，金色的光雾笼罩着倒塌的城墙，暗示出曾经的辉煌与完美；乐土的景象则壮观得难以置信，那是个永恒白昼的隐匿世界，恢宏壮丽的城市、仙境般的山丘与河谷随处可见。

可惜到最后，我却感到艺术性的衰退，非但作画技巧下降，场景的荒诞程度也超过之前最狂野的图画。这个上古民族似乎在缓慢堕落，越发仇视当初因沙漠化而失去的外部世界，他们依然以神圣的爬虫为象征，但数量渐渐变少，悬在月光倾洒的废墟上的灵魂却相应增加。被描绘成华服爬虫的枯瘦祭司们，诅咒着上方的空气和所有呼吸那空气的生物。最后的画面中有一幕特别可怕，一个原始人——或许便是古代"千柱之城"伊赖姆的先驱——被这个古老民族的成员活活撕碎。我顿时忆起阿拉伯人对无名之城的恐惧，幸好这幅壁画之后灰色的墙壁和天花板上便空空如也了。

唏嘘历史之余，我已来到低矮长厅的尽头。我突然意识到前方有扇大门，所有磷光均是从那里散发的。爬近之后，我被门内的绝世奇观惊得脱口大叫——门内不是较为明亮的房间，而是充斥着均匀光线的无尽深空，这就像一个人站在珠穆朗玛峰顶俯瞰下面被阳光点亮的云海。此时此刻，我身后是站不直身的狭窄回廊，前方为深不见底的地下光窟。

陡峭的阶梯自回廊尽头延伸出去，通往发光的深渊，它跟我之前穿过的黑暗甬道一样由数不胜数的小台阶组成，闪耀的光雾使得几步外便看不清了。拉开的黄铜大门贴在左边墙上，它极为厚实，并有美轮美奂的浮雕装饰，关闭后势可将光芒照耀的内部洞天与外面的石窟、甬道完全隔绝。我看着那些台阶，一时踟蹰起来，伸手试探黄铜大门，又发现自己根本无法挪动它。最后我筋疲力尽地伏倒在石地上，许多惊人的念头在脑海里不断发酵。

我闭上双眼，一动不动，任思维信马由缰，此前匆匆略过的若干画面似乎有了崭新的恐怖含义——在无名之城的全盛期，周边河谷郁郁葱葱，与远方大陆的贸易兴旺发达，而作为象征的爬行生物一直占据首要地位，贯穿整个图画史诗，画中的无名之城甚至被设计成适合这些爬虫的比例。这有什么深层缘故吗？我不禁有点疑惑城市真正的规模和尺寸，随即联想到废墟中某些令人不适之处。看来矮得出奇的原始神庙和地下长廊是为体现对爬虫神祇的尊奉，信徒们不得不蜷缩而行，可能祭祀仪式本身就包含模仿古生物的行动方式。可没有任何宗教理论解释得通前往地下的甬道必须开凿得跟神庙一样低矮——甚至更低，低到人类无法跪直的程度。想起那些爬行动物，想起自己如此接近它们可怖的干尸，我又涌起一阵古怪的战栗……说到底，在上古民族的种种遗物和符号中，只有最后的壁画上那个被撕碎的可怜原始人与我模样相仿。

然而，一如奇特的漂泊生涯中屡屡发生的那样，好奇心很快盖过了恐惧，发光的深渊及其隐藏的秘密值得我这个最伟大的探险家去揭示。我确信那些小得离谱的古怪台阶通向一个深不可测的玄奇世界，在那里能找到回廊中的壁画没能展现的上古民族的真容。壁画描绘的地底王国拥有不可思议的城市、山丘和河谷，台阶下面无疑是说不完、道不尽的宏伟遗产。

实际上，与其说我担心前方可能的遭遇，不如说这里的古老令我惴惴不安。我置身已知世界数英里深的地下，背后是陈列着爬虫干尸和远古壁画的狭窄回廊，前方是被异样的光线与迷雾笼罩的未知天地，但真正让我畏缩踟蹰的，乃是周围深入骨髓的古老气息。在无名之城中，符号化的石头和断崖内开凿的神庙就冰冷地散发着这种浩瀚无垠、令任何尺度都苍白无力的古老，而那些惊人的壁画所展示的早被遗忘的海洋与大陆，直到最后才与今日地球隐约有几分相似。在画面尽头，渴望长生的民族愤愤不平地走到终点，从那时起到如今，这段漫长的时间发生了什么，没人知道。地下甬道和前方的发光国度都有生机勃勃的过去，如今却只剩我一人凭吊丰富的遗迹，想到这些东西于无尽岁月中沉默地荒废在地下，教我怎能不浑身战栗？

　　突然，又一股尖锐锋利的恐惧朝我袭来。其实自我看到冷月下的可怖河谷和无名之城，这恐惧就不时涌上心头，现在我狂乱地拖拽着筋疲力尽的身子，坐起来回望漆黑的回廊，看向连通外部世界的甬道。我又感受到最初两个晚上回避无名之城的那种情绪，难以解释却锥心刺骨。紧接着，令我震惊的是，某种清晰可辨的声音打破了坟墓般的地底的绝对死寂——那好似远处一群饱受折磨的鬼魂发出的低沉悲鸣，从正对我的方向传来，且音量快速增大，很快，整条低矮的回廊都充斥着可怕的回音。与此同时，我也感到越来越强的冷流自甬道和上方的城市涌入。然而它似乎有助于我稳定心神，我立刻想到日落日出时神庙入口处突兀的劲风，正是顺着它我方才找到隐藏的甬道。我看了看表，发现日出已近，于是挺起身子，准备抵抗这股晚间往外涌、白天扫进洞的气流，莫名的恐惧也随着对自然现象的认知而再次消退了。

夜风尖叫着、呻吟着，疯狂地灌入地下的无底洞，势头越来越猛。我很快就被迫再次伏倒，徒劳地尝试抓紧地面，担心整个人被吹过敞开的大门，摔进发光的深渊。风势之猛烈超乎想象，当我逐渐意识到自己真的在慢慢往深渊滑去时，无数恐怖的念头顿时涌进脑海。毫不夸张地说，风暴裹挟的恶意打开了我意识的妄想开关，我再次颤抖着将自己与回廊壁画恐怖的最后一幕里唯一的人类形象，那个被未知民族撕碎的原始人相比，而那翻滚号叫的气流似乎也在用魔爪凶残地撕扯我，应和着某种不能得逞的怨恨。我认为自己狂呼乱叫了起来——我快疯了——即便真是如此，尖叫声亦将尽数被咆哮的地狱妖风淹没。我只能切断所有理性，无助地趴在地上，努力对抗将我缓慢而不可阻挡地推向未知世界的无形洪流，嘴里喃喃念叨梦见无名之城的阿拉伯狂人阿尔哈扎德留下的那个费解的对句：

> 已逝之尊永长眠，
> 万古幽溟死亦生。

冷酷阴郁的沙漠诸神知道我在黑暗中进行了怎样的挣扎，经受了怎样的考验，最后又被何方妖魔引领生还……从此直到去世或堕入更可怕的终点，每当夜风吹来，我都会瑟瑟发抖地忆起当时的情形。这一切实在太怪异扭曲、违反常理，只有在下半夜辗转难眠的无言时刻，自暴自弃的人类才可能相信其存在。

　　我已形容过劲风的猛烈——比之地狱风暴亦不遑多让——丑恶的风声裹挟着荒芜的永恒中压抑滋长的深重恶意，而这些纷乱嘈杂的声音被我业已崩溃的大脑转化为身后的清晰响动。在迎接黎明的人类世界的幽深地下，在早已被无穷时光埋葬的古老坟墓里，我听到了恶魔们用陌生的语言阴森森地咒骂与嘶喊。我转过头，隔着深渊的光雾，看见了漆黑的回廊中看不见的轮廓——那是一群迈步飞奔、让人心胆俱裂的恶魔，它们的面目早已被仇恨扭曲，半透明的身体披挂着奇装异服。毫无疑问，它们就是无名之城的爬虫。

　　风停了，地底深处的我陷入彻底的黑暗。黄铜大门在最后一个恶魔的身后轰然关闭，带来乐曲似的金属敲击声，浑厚的回音涌向遥远的外部世界，宛如尼罗河畔的门农像一般为初升的朝阳欢歌。

H.P. 洛夫克拉夫特 著

沙那斯的末日

奈尔大陆有一片宁静的大湖，此湖没有水系注入或流出。一万年前，湖畔曾矗立着一座名为沙那斯的伟大城市，今已消失无踪。

相传在鸿蒙初开的上古纪元，在日后的沙那斯人来到奈尔大陆之前，湖边矗立着另一座城市：灰石之城伊班。伊班城同这片湖泊一样久远，城内居民避世独立，因为它们和上古世界的大部分原始物种相似，长相极其丑怪。卡达斯隆城的砖砌圆柱上记载，伊班居民的肤色绿得好比城外的湖水和湖水上弥漫的雾气，它们长着鼓凸的眼睛，软塌肥硕的嘴唇，奇异的耳朵，并且不能说话。圆柱上还说它们是某天晚上在迷雾掩护下，连同宁静的大湖及灰石之城伊班一起从月亮上降临的。故事的真实性不得而知，但它们的确供奉着一尊依照伟大水蜥蜴珀克拉戈的形象塑造的海绿色石雕，并会在凸月期间围绕这尊石雕跳起丑怪的舞蹈。伊拉奈克城的莎草纸文书声称它们后来学会了用火，于是诸多仪式场合都会燃起火焰。除此之外，有关这些生物的文字寥寥无几，因其年代过于遥远，作为年轻种族的人类对上古事物知之不详。

人类来到奈尔大陆是若干纪元后的事。黑肤牧民们赶着毛茸茸的羊群，在蜿蜒的艾河岸边建立了瑟蜡、伊拉奈克和卡达斯隆。某些更强硬的部落甚至挺进到湖畔，占据珍贵金属的矿脉，于此建起沙那斯。

　　游牧部落为沙那斯奠基的地点离灰石之城伊班不远。他们对伊班居民惊叹不已，其中却混合着憎恨，因他们不愿在黄昏时分看见此等样貌的生物行走于人类世界，更厌恶伊班城那些灰色巨石上古老得不可思议的奇特雕塑。这丑怪的物种及其雕塑在世上延续得如此长久，久到了人类诞生，委实有些不可思议，兴许是奈尔大陆非常宁静又偏处一隅，与所有清醒或沉睡的大陆都相隔甚远的缘故吧。

　　沙那斯人与伊班居民相处得越久，厌恶之情也就越深，尤其当发现对方果肉般柔软脆弱的身躯无法应付石头、长矛和箭矢的攻击时，他们变得肆无忌惮起来。终有一日，年轻的战士们凭借投石索、长矛和弓箭向伊班城发动总攻，将城中居民屠戮殆尽。他们用长矛把自己不愿触碰的怪异尸体挑进湖里，顺带推下去的还有那些惹人嫌恶的灰色巨石雕塑。他们好奇的只是当年搬运巨石所耗费的心力，因整个奈尔大陆和毗邻的大陆都没有那种石头。

　　源远流长的伊班城就此覆灭，只剩下水蜥蜴珀克拉戈的海绿色石雕。年轻的战士们将其带回沙那斯，作为征服伊班居民及其信奉的古神的证明，彰显气吞奈尔大陆的豪情壮志。但将这尊雕像奉入神庙当晚就引来祸事，湖面升起异光，天亮前雕像不翼而飞，大祭司塔兰－伊什横尸当场。他似乎是被无法形容的恐怖景象吓死的，弥留之际在橄榄石祭坛上颤抖着潦草画下了代表"末日"的符号。

　　许多人继塔兰－伊什成为沙那斯的大祭司，海绿色石雕却从此失落。好几个世纪过去，沙那斯愈加兴旺发达，只有祭司和老妪还记得塔兰－伊什在橄榄石祭坛上潦草画下的符号。沙那斯开辟通往伊拉奈克的商路，用地下挖出的珍贵金属换取其他金属、稀有布料、珠宝、书籍、工具，还有蜿蜒的艾河岸边及远方的人类所知的各种奢侈品。随着实力、学识和城市建设的不断增进，随着征服大军横扫周边城邦，沙那斯的王终于成为整个奈尔大陆及毗邻的几片大陆的王。

作为世界的奇迹和全人类的骄傲，伟大的沙那斯的城墙用从沙漠中开采打磨的大理石砌成，高三百腕尺，厚七十五腕尺，顶上可容多辆战车交错奔驰。城墙全长五百斯泰底亚，面朝湖泊的一面是开放的，但又用绿石筑起防波堤，因湖水每年都在伊班覆灭祝捷日奇特地涨潮。五十条大街穿城而过，自湖畔通往商旅往来的城门，另有五十条大街与之交会，街道多以缟玛瑙铺设，马匹、大象和骆驼行走处铺的则是花冈岩。每条连通内陆的大街都衔接着一道青铜城门，城门两旁摆放着今已失传的石料雕刻的狮与象。沙那斯的房屋以瓷砖和玉髓装饰，每栋皆有围墙花园和清澈池塘，独特的建筑风格与其他城邦形成鲜明对比，闪耀的拱顶每每令瑟蜡、伊拉奈克和卡达斯隆的旅人折服不已。

更让人叹为观止的是"古王"泽卡营建的宫殿、庙宇和花园。这里的宫殿不但数量众多，其中最不起眼的也胜过瑟蜡、伊拉奈克和卡达斯隆最宏伟的挑战者。它们拔地而起，常让人错以为置身云端，而点燃铎瑟尔产的燃油浸透的火把后，宫墙上又会呈现列位先王与浩荡雄师的巨幅壁画，其恢宏气势令观者无不心旌荡漾、目瞪口呆。宫中遍布染色大理石柱，柱上雕有美轮美奂的图案，地板则多由绿柱石、天青石、红玉、缠丝玛瑙及其他贵重宝石拼成马赛克，行走其间仿若置身珍奇花卉之中，另有经过巧妙设计的别致喷泉，朝人们喷出一股股芬芳可爱的水流。这些还只是普通宫殿的景观，奈尔及诸大陆之王的王宫又令它们相形见绌。王座由两只蹲坐的金狮负起，与光可鉴人的朝堂地面隔着高高的台阶，而它本身竟由一整根象牙雕成，没人知道这么大的象牙的来历。王宫中不乏陈列馆和阶梯剧场，人类、狮子和大象会在剧场内死战，供王取乐——有时甚至会用巨大的水渠从湖中引水导入剧场，上演惊心动魄的海战，或是凡人与海兽之间的残忍决斗。

沙那斯的十七座塔庙顶天立地、登峰造极，建筑材料为此间独有的鲜艳彩岩。最高的塔庙达一千腕尺，大祭司驻跸于此，享受着与国王不相上下的尊荣。塔庙地面大厅的面积与华美程度堪比宫殿，无数信徒在此朝拜沙那斯的主神佐－卡拉、塔玛什和络本。三位主神香火缭绕的神龛宛如君主雄伟的王座，其形象亦格外栩栩如生，以致让人赌咒发誓说坐在象牙宝座上的即是风度翩翩且蓄有美髯的神祇本尊。大祭司沿着无穷无尽、闪亮耀眼的锆石台阶登上塔顶房间，白天可俯瞰城市、平原和湖泊，夜里能观测月亮的奥秘与星辰的深意，欣赏它们在湖中的倒影。塔顶还会秘密举行诅咒水蜥蜴珀克拉戈的古老仪式，写下塔兰－伊什的末日预言的橄榄石祭坛亦存放于此。

　　"古王"泽卡营建的花园同样美不胜收。它们坐落于沙那斯城中心，占地广阔，高墙环绕，还有宏伟的玻璃穹顶。天空晴朗时，日月星辰的光辉透过玻璃照射而下；天空阴霾时，穹顶内部会悬挂日月星辰的璀璨模型。炎炎夏日，娴熟挥舞的扇子送来清新香风，令园中凉爽宜人；漫漫寒冬，暗藏各处的火炉烘出融融暖意，真可谓四季如春。潺潺溪水流过闪亮的鹅卵石，这些小溪分割了青茵翠绿的草坪和五彩缤纷的花田，数不清的小桥横跨其上。溪流所经多有瀑布，最后注入纯净的小湖，白天鹅在溪水和湖水中嬉戏，珍稀鸟禽的啁啾应和着水流的乐章，更让人心旷神怡。岸边排列着绿油油的梯台，芳香馥郁的花圃和藤蔓装点的凉亭星罗棋布，大理石和斑岩制作的椅子、长凳随处可见。园中还有不少小型的神龛和庙宇，供人们休息或供奉一些次等神祇。

　　沙那斯每年都会举小盛宴庆祝伊班的覆灭，彼时觥筹交错，欢声笑语，歌舞升平，盛景一时无双。人们对歼灭丑怪的远古生物的英灵们致以崇高敬意，舞者和琵琶手们头戴从泽卡的花园中采摘的玫瑰做成的花冠，尽情嘲弄被屠杀的种族及其信奉的古神。国王还会面向浩瀚的湖泊，继续诅咒湖底的尸骸。大祭司们起先不喜欢这些庆祝活动，他们代代流传着海绿色石雕失踪、塔兰－伊什留下警告后惊惧而亡的诡异故事，有时还会在高塔上看到湖底点点放光。然而岁月一直静好，祭司们终于也开始笑对流年，加入众人的狂欢。他们心想，高塔上不是经常秘密举行诅咒水蜥蜴珀克拉戈的古老仪式吗？沙那斯已繁盛千年，不愧为世界的奇迹和全人类的骄傲。

庆祝伊班覆灭一千周年的饕餮盛宴规模空前。奈尔大陆谈论了这场庆典整整十年，而庆典开幕前，人们骑着骏马、骆驼和大象，从瑟蜡、伊拉奈克、卡达斯隆及奈尔大陆的其他城邦，乃至毗邻的大陆陆续赶到沙那斯。祝捷日当晚，大理石城墙下扎满王公贵胄的大帐和旅人的简易帐篷，狂欢的歌声响彻湖畔。宴会大厅中，纳尔吉斯－合伊国王喝多了从被征服的帕钠斯的地窖中得来的陈酿，醉醺醺地斜躺着，周围是无数与宴的贵族和忙碌的奴隶。宴席上的珍馐美馔值得大书特书：中海的纳瑞尔群岛的孔雀、遥远的伊姆普兰山区的小山羊、波兹克沙漠的驼踵、塞达丝兰果园的坚果与香料，还有饱受玛忒尔的波涛洗礼的珍珠——它们被溶在瑟蜡产的醋中。与之搭配的调料更是种类庞杂，它们由奈尔大陆最优秀的厨师精心配置，再挑剔的食客也无话可说。不过，最值得称赞的还数从城外湖泊捕捞的大鱼，每条鱼都肥硕无比，盛在红宝石和钻石装饰的金盘里。

国王与贵族在宫中畅饮，享用盛在金盘里的美食，其余人等则于城内各处开怀吃喝。祭司们在最高的塔庙上纵情庆祝，来自毗邻大陆的王公贵胄在城外大帐中肆意寻欢。最先注意那些阴影自天空中的凸月落入湖中的是大祭司纳伊－卡，阴森森的绿色雾气旋即从湖面升腾而起，邪气逼人的迷雾很快与月亮连成一片，裹住了在劫难逃的沙那斯的万千塔楼和拱顶。塔上和城外的人看到湖水射出异光，巍然耸立于湖畔的灰色巨岩阿库里昂竟几乎被淹没。难言的恐慌迅速蔓延开来，伊拉奈克和遥远的络克尔的显贵们在莫名的冲动驱使下，纷纷收起帐篷和行李，朝艾河逃去。

午夜前夕，沙那斯的青铜城门突然全部打开，黑压压的人潮争相涌向平原，吓跑了所有的来宾和旅人。沙那斯人发了疯，他们的脸庞被无法承受的恐惧所扭曲，没人敢拦住他们，质疑那些令人胆寒发竖的话语。他们眼神狂乱、惊恐万状地尖叫着描述国王的宴会大厅中的情形：从窗外所见，纳尔吉斯－合伊及一干贵族、奴隶已不复人形，统统变成了难以名状的绿色生物，长着鼓凸的眼睛，软塌肥硕的嘴唇，奇异的耳朵，并且不能说话。它们跳起可怕的舞蹈，用爪子托住红宝石和钻石装饰的金盘，盘内燃烧着奇诡的火焰。宾客和旅人们骑着骏马、骆驼和大象仓皇逃离末日来临的沙那斯，回望迷雾升腾的湖泊，只见灰色巨岩阿库里昂已完全没入水中。

逃出沙那斯的人们把惨剧传遍了奈尔人陆及毗邻的许多大陆，于是商队不再前往那座受诅咒的城市，不再渴求那里出产的珍贵金属，旅人也长时间予以回避。直到很久以后，来自遥远的佛罗纳的一帮兼具勇气和冒险精神的年轻人才敢前去探究。这些无畏的青年金发碧眼，和奈尔大陆人没有血缘关系，他们成功抵达湖畔，却只见宁静的湖水和高耸的阿库里昂，没能瞻仰世界的奇迹和全人类的骄傲——过去矗立着三百腕尺的城墙和更高的塔楼的地方，现在只有泥泞的湖岸；曾容纳五千万人的市区，如今爬满可憎的绿色水蜥蜴。就连珍贵金属的矿脉也不复存在，末日彻底湮灭了沙那斯。

　　但他们在草丛中发现了一尊奇特的绿色石雕，那挂满水草的雕像极其古老，模样肖似伟大的水蜥蜴珀克拉戈。这尊雕像后来被供奉在伊拉奈克的至高神庙中，全奈尔大陆的人民都会在凸月期间向它顶礼膜拜。

H.P. 洛夫克拉夫特 著

皮克曼的模特

我没疯，艾略特，谁能没个癖好，你怎不去笑话奥利弗那拒绝乘车的爷爷？我受不了该死的地铁是我的事，再说乘出租车来这里更快，好过出站后从公园街爬坡。

我知道自己比去年见面时更敏感，但你大可不必拿我当病人。上帝知道其中的复杂原因，能保持理智健全已属走运。干吗非得刨根问底？你从前没这么好打听啊。

罢了，非问不可的话我就说给你听。也许你有权知道，自听说我疏远艺术俱乐部并与皮克曼绝交以来，你就像个伤心的家长一样没完没了地写信。现在皮克曼失踪，我才敢偶尔去俱乐部露个面，虽然早没了兴致。

不，我不清楚皮克曼的下落，也没兴趣猜测。你可以合理推断，我与他绝交另有隐情——没错，正因如此，我尤其不愿探究他的现状。就让警察去查呗，反正查不出什么名堂，他们到现在甚至没发现他化名"彼得斯"在古老的北端区租下的房子。我也不确定自己能找到那地方，更不会去试，哪怕在大白天！我明白——或者说，我担心自己明白——皮克曼租下那地方的用意。别急，等我把话说完，你会理解我为何不肯告知警察。他们多半要让我带路，而我就算记得也绝不去第二趟！正是那房子里的东西——正是那些东西——使得我远离地铁和地窖（你爱笑就笑吧）。

你该不会认为，我会像里德博士、乔·米诺或博斯沃思那帮老娘炮一样，为一点大惊小怪的由头就疏远皮克曼吧？我从不惧怕病态的艺术风格，更将结识皮克曼这等天才视为荣幸，无论其创作倾向如何。理查德·厄普顿·皮克曼是波士顿有史以来最伟大的画家，我当时这么认为，现在依旧如此，哪怕见过他那幅《食尸鬼进食》也没有改变——记得吗？米诺正是因为那幅画跟他绝交的。

你知道，要达到皮克曼的水准，需要深厚的艺术功底和对自然界的敏锐洞察。随便拽出个杂志封面画手都能划拉几张草图，说那是噩梦的重现、女巫安息日或恶鬼的肖像，但只有真正的艺术家才能让它们栩栩如生、毛骨悚然，只有真正的艺术家才懂得恐怖或惊悚的机理与成因——也就是哪些线条和比例能勾起我们潜意识里的恐惧本能，哪种颜色反差和明暗效果能撩拨我们的排斥反应。不用我废话，你也明白福塞利有多精妙，廉价鬼故事的卷头插图就有多可笑。像福塞利、多雷、西姆和芝加哥的安格罗拉这等高手能捕捉超越生命的元素，并为我们一一呈现，而我指天发誓，皮克曼在这方面的成就前无古人——但愿也后无来者。

他们是怎样看待世界的呢？以大众艺术领域为例，冲着真实的自然界或生动鲜活的模特作画，与不入流的商业画手窝在光秃秃的工作室里闭门造车有天壤之别。而我认为优秀的怪奇艺术家拥有特殊本领，他们能凭空塑造模特，或把自身精神世界的场景召唤到现实世界。矫揉造作之徒的贫瘠梦境与他们的差距，好似函授学校学生的劣质漫画对比写实经典。如果我能看见皮克曼看见的东西——不，幸好不能！让我们先喝杯酒。老天爷，如果我能看见那个人——暂且把他算作人类——看见的东西，我肯定活不下去！

你应该还记得，皮克曼最擅长画脸。我相信自戈雅以后，还没有谁能把如此众多的恐怖元素融入角色的面部细节或表情变化之中，而在戈雅以前，同样的技巧得追溯到中世纪，巴黎圣母院和圣米歇尔山那些石像鬼与喷火兽堪称典范。当时的创作者相信各种奇闻——说不定他们亲眼见过，毕竟中世纪不乏古怪的篇章。我记得你出走前那午亲口问过皮克曼，他的灵感和思想从何而来？他报以诡异的笑容——对了，那笑容就是里德与他绝交的部分原因。如你所知，里德当时刚涉猎比较病理学，满脑子华而不实的"专业知识"，张口不离各种精神与体貌特征的生物学或进化论意义。他声称自己一天比一天厌恶皮克曼，最后几乎感到畏惧——因为皮克曼的五官和表情在朝他难以接受的方向缓慢变化，越来越不能算作人类。他还时常谈论饮食，断言皮克曼的食谱一定极端反常和脱离正轨。若你与里德有通信往来，势必会告诫他切莫陷入皮克曼的作品不能自拔，以至于胡思乱想——当初，我就是这样告诫他的。

但请你记住，我与皮克曼绝交并非出于这些缘故，正相反，我对他的赞赏与日俱增。我相信《食尸鬼进食》是不世出的杰作，可惜如你所知，俱乐部不肯展出它，美术馆拒绝这份赠礼，亦无人乐意购买，皮克曼只能把它挂在家里。他失踪后，这幅画被他老爹带回了塞勒姆镇——你知道，皮克曼出身于塞勒姆镇的古老家族，祖上曾有个女巫于 1692 年被吊死。

我养成了拜访皮克曼的习惯，尤其在着手准备关于怪奇艺术的论著之后。或许他的创作正是我动笔的原因，无论如何，他的确是材料与灵感的宝藏。他向我展示了手头所有的油画和素描，而我非常清楚，其中某些钢笔稿若泄露出去，铁定将导致他被俱乐部除名。我很快成了他的大半个信徒，常像小学生一样一连数小时聆听那些足以把他关进丹佛斯精神病院的艺术理论和哲学思想。我的英雄崇拜与其他人越发疏远的态度形成巨大反差，使得他完全信任了我，终于在某个晚上暗示，只要我守口如瓶又够胆量，便带我参观一些不寻常的东西，其观感将比家里任何作品更强烈。

"你瞧，"他解释道，"某些创作不适合在纽伯里街完成，它们与这儿格格不入，这儿也无法激发灵感。我的使命是捕捉灵魂的泛音，而这条填海而生、暴发户麇集的庸俗街道找不到这种东西。后湾区不是真正的波士顿——它什么也不是，它的历史太短暂肤浅，不足以吸引附近的精魂。这儿就算有幽灵，也不过是盐沼和浅滩滋生的碌碌之辈，而我需要人类的幽灵，或者说具有高度组织性、能直面地狱万象并明白所见含义的幽灵。

"艺术家应该待在北端区。一个真正的唯美主义者宁可放弃生活的舒适，也不能与深厚的传统分离。天哪，朋友！你不知道有的地方不单是被建造出来，还会自行成长吗？一代又一代人怀着与现代迥异的观念，生息、繁衍和消逝在那些地方。你不知道考普山上 1632 年就有了磨坊，而一半的街道 1650 年就铺好了？我能给你指出哪些房子已矗立了两个半世纪以上，挺过了足以让现代房屋灰飞烟灭的岁月。不错，现代人哪里清楚生命和生命背后的力量？你们以为塞勒姆镇的巫术全是骗局，但我敢打赌，我的太祖母不这么认为。她被吊死在绞架山上，伪善的科顿·马瑟全程旁观。可恶的马瑟，他生怕有人掀开天杀的日常生活的盖子，要是真有人给这家伙下咒或在夜里吸干他的血就好了！

"我不但能指出他的故居，还能指出满嘴豪言壮语的他绝不敢涉足的另一栋房子，这家伙根本不敢把知道的事如实写进愚蠢的《基督在美洲的业绩》或幼稚的《隐形世界的奇异》。对了，你知道北端区曾有一整套连通特定房屋、坟场与大海的隧道吗？随便地上怎么折腾，在你们触不到的地方，每天日子照旧，你们甚至找不着夜里嘲笑声的来源！

"哎，我敢打赌，但凡1700年前兴建并维持至今的房子，八成地窖里有古怪。几乎每个月你都能读到建筑工拆除老宅时发现被砖封死、不知通往何处的拱廊或深井——侍从街旁那栋房子就是如此，去年你还能从高架轨道上看到工地。过去，女巫以及她们用巫术召唤的东西是存在的，海盗以及他们从大海带来的东西同样存在，走私贩、私掠者……我告诉过你，前人懂得如何生活，如何超越生命的界限！呸，智者与勇士才不会鼠目寸光！看看身边这帮自诩为艺术家的腐儒吧，区区一幅惊扰了灯塔街茶桌边悠闲氛围的画作，就足以让他们魂不守舍、深恶痛绝！

"现代人唯一的优点是没心没肺到无力探究过去。试问哪张地图、哪本指南或哪部导游手册能告诉你真正的北端区？呸！屈指一算，我可以带你去王子街北边逛上三四十条错综复杂的小巷，除开那边泛滥成灾的外国佬，就没几个本地人找得着。而意大利佬又怎懂得它们的妙处？不，瑟伯，地方总是老的好，那儿如梦似幻，充满奇迹、恐怖和超脱凡俗的方法，却没人能理解和利用——准确地说，只有一个人例外，我对过去的发掘可是大有进展！

"我想你会对这些事感兴趣。若说我在那边另有一间画室，以捕捉古老可怕的夜间精魂，完成在纽伯里街无法想象的创作，你觉得怎样？这些事我决不会透露给俱乐部那帮可恶的老娘炮——特别是里德，那混账居然偷偷说我是某种迅速退化的怪物。没错，瑟伯，我很久以前就认为，应该把描绘世间的恐怖摆到与抒写生命的美好对等的位置，基于这种理念，我调查过很多恐怖可能潜伏之地。

"我找到一个地方，相信此外只有几个北欧人知道。那地方距高架轨道不远，在精神层面却相隔许多个世纪。屋子本身是没人住的危房，很便宜就能搞到手，我盯上的是地窖里怪异的古老砖井——就是我刚才提过的那种井。那里的窗户几乎全被木板封死，我倒中意，因为日光于我只是干扰。我在最能激发灵感的地窖中绘画，但也整修了地面房间。屋主是个西西里人，我租房用了'彼得斯'这个化名。

"有意的话，我今晚便带你去。我想你会喜欢那些创作，如我所说，我在那边更放得开。路程不是特别远，我常常步行前去，以免乘出租车引人注目。我们今天可以先打车到南站，再换城铁去巴特利街，从那儿只需走很短一段路。"

哎，艾略特，听了他这番高谈阔论，我拼命控制自己，才没飞奔向见到的第一辆出租车。我们在南站上了高架轨道，十二点左右出站下到巴特利街，然后沿古老的海滨道路穿过宪法码头。我不记得途中经过哪些路口，也说不清最后拐进哪条小巷，反正不是格里诺巷。

拐弯后是上坡，那是一条我毕生所见最老、最脏的巷子，月光下尽是摇摇欲坠的三角墙、破败不堪的菱形小格窗和崩塌颓圮的旧式烟囱。我认为绝大多数房子在科顿·马瑟的年代就有了——我至少发现两栋带骑楼的房屋，甚至在某处见到复折式屋顶出现前的尖顶构造，这种大众近乎遗忘的设计曾被文物研究者断言已在波士顿绝迹。

最后，我们左转离开这条昏暗的小巷，进入另一条同样静谧但更加窄而黑的胡同，随即又在墨色中右转了个钝角。没走几步，皮克曼打开手电筒，照出一扇饱经虫蛀、极为古旧的十镶板门。他打开门，催我踏入空荡荡的门厅，这里装饰着样式简单却显然有堂皇往昔的黑橡木墙板，令人提心吊胆地想起安德罗斯、菲普斯和巫术的时代。他又带我进了左边的房间，点燃油灯让我随意欣赏。

听我说，艾略特，必须承认，我这个街头"硬汉"也受不了那里的画。墙上挂的全是皮克曼的作品，是他在纽伯里街画不出也不能张扬的作品，我那时才明白，他说在新画室"更放得开"是千真万确的。来，再来一杯，至少我得再来一杯！

我没法用言语向你精确再现那些画，皮克曼单纯的笔触下渗出的不适感，那种亵渎神圣的可怖、难以言喻的丑恶和精神层面的堕落都教人词穷。那些画面里既没有希德利·西姆的异国情调，也没有克拉克·阿什顿·史密斯笔下通常让人血液凝结的土星风景和月球真菌，其背景不外乎老教堂墓地、幽暗森林、海边悬崖、砖砌地道、陈旧的镶板房间乃至朴素的石地窖。离那所房子不远的考普山墓地就是皮克曼最喜欢的场景之一。

疯狂与畸形主要体现在前景的角色上，恶魔般的肖像描绘本是皮克曼病态的专长。画中角色几乎都不能算作人类，却又不同程度具备人类的特征，它们大多两足站立，身体前倾，隐约有点像狗，橡胶质感的皮肤令人望而生厌。唉！真是历历在目！它们通常……算了，我不想说得太细……它们通常在进食，食物容我略过。它们成群结队地现身于坟场或地道，时而争抢猎获——该说是它们埋藏的"宝藏"，皮克曼用多可憎的技法描摹了那些墓园"宝藏"了无生气的脸啊！另一些画里，它们又会在深夜跳进敞开的窗户，蹲在熟睡的人类胸前，撕开他们的喉咙。还有幅帆布油画的内容是它们围着绞架山上吊死的女巫吠叫，女巫僵死的面孔跟它们很像。

别以为可怕的布景和设定能吓住我，我不是三岁小孩，也算得上见多识广。我怕的是那些面孔，艾略特，那些天杀的面孔，那些在画布上栩栩如生、口水横流地斜睨着我的面孔！上帝啊，朋友，我敢说它们是活的！那个令人作呕的下流巫师，他用颜料唤来地狱的烈焰，把笔刷化作噩梦的魔杖。给我酒瓶，艾略特！

有幅画叫《课程》，天可怜我目睹了它！听着，你能想象一大帮狗一样的无名怪物在教堂墓地里蹲成一圈，教一个小孩像它们那样进食吗？我想那是换生灵的必修课——你知道在老故事里，古怪的异族会把后代放进人类的摇篮，以换走婴儿。皮克曼画出了被换走的婴儿及其成长过程，而我在他们和那些非人怪物的脸上发现了丑恶的关联。没错，病态的渐变展现了堕落的人类和异族怪物之间讽刺性的联系与退化，原来狗一样的怪物本身就是从人类衍生而成！

我刚想探究怪物们送出的后代的命运，另一幅画便做了解答。画面是旧式清教徒房屋的内景，有沉重的过梁、若干格子窗、一把靠背长椅和其他粗陋的 17 世纪家具。全家人坐在一起听父亲朗诵《圣经》，个个表情庄严肃穆，唯有一张脸好似挂着地狱深渊的嘲讽——毫无疑问，面露嘲讽的少年表面上是那位虔诚父亲的儿子，实际却是怪物们的不洁骨肉，曾被用来换走婴儿。最讽刺的是，皮克曼参照自己的五官画出了那张脸。

就在这时，皮克曼点亮了隔壁房间的一盏油灯，彬彬有礼地把住门，邀我进去欣赏他的"现代艺术"。我尚未与他交流观感——恐惧和厌恶令我哑口无言——但我想他完全明白，且深感满足。我必须再次重申，艾略特，我不会为一点离经叛道的东西就大惊小怪。我是见过世面的中年人，而你知道我在法国打仗时的表现，应该明白我相当强硬。可纵然我尽力恢复平静，适应了将殖民时期的新英格兰描绘为地狱属国的画面，还是被隔壁房间的作品吓得惊叫出声、双腿发软，不得不抓紧门框。若说先前房间的主题是食尸鬼和女巫蹂躏祖先的世界，这个房间则将恐怖直接带入了我们的日常生活！

上帝啊，那家伙真是妙笔生花！一幅《地铁事故》画的是一群爬出无名墓穴的邪祟，它们穿过波伊斯顿街地铁站的裂缝，攻击月台上的民众；另一幅作品描绘了当代考普山墓地里的诡异舞会；还有好多画以地窖为背景，怪物们钻出石缝和孔洞，蹲伏在桶子或火炉后面，狞笑着等待受害者下楼。

令人作呕的巨幅画作揭示了笔架山的整个剖面，祸害们犹如蚂蚁军团穿行于蜂巢般的地洞之中。前述已有当代墓地里的诡异舞会，更有一幅画面令我深感惊骇——数十只野兽挤在不知何处的墓窖里，围着手捧广为人知的波士顿导游手册大声朗读的同类。它们手指册子的同一段落，每张脸都在癫痫发作似的狂笑中扭曲，乃至让我感受到噩梦的回音。那幅画名为《霍姆斯、洛威尔和朗费罗葬于奥本山》。

我慢慢控制住情绪，重新适应第二个房间更为堕落与病态的审美，努力总结厌憎的根源：首先，我告诉自己，那些画之所以令我生厌，全因皮克曼的创作态度泯灭人性又冷酷残忍。只有把自己当成人类的死敌，才可能毫无顾忌地尽情呈现人类身心所受的痛苦折磨，以及躯体的严重退化；其次，那些画具有真正伟大的感染力，出自教人信服的艺术手段，看到画面就像看到恶魔的本尊，恐惧感油然而生。最奇特的是，皮克曼不以个别突出或夸张变异的方式来增强表现力，他没有刻意模糊、歪曲或符号化任何事物，一切线条都清晰而逼真，呈现出锐利的细节。尤其是脸部！

我所见的并非一般性艺术阐释，直可谓置身幽都鬼城，各方妖魔纤毫毕现。噢，天啊！那家伙既非幻想家也不是浪漫主义者，他不屑于借助朦胧缥缈、五光十色的梦境来掩饰自我，而是大胆运用单纯、客观且毫不动摇的笔触，赤裸裸、冷冰冰、机械地呈现万古长存的恐怖领域。那本是上帝方才知晓的领域，也只有上帝知道他如何瞥见了那些奔跑、逡巡和爬行其中的孽物——无论皮克曼可怕的灵感来自何处，有一点显而易见，那就是他在理念和行动上均贯彻了身体力行的奋斗原则，近乎具有科学精神的实践者。

现在他打算带我下地窖，参观真正的画室，我必须鼓起勇气，才能迎接未完成的油画的巨大冲击力。我们走到潮湿阶梯的底部，他用手电筒照亮左近开阔的角落，那儿有一圈圆形砖石井栏，显然是开在地底的大井。我走近后发现，井口直径约五英尺，井壁一英尺有余，井高六英寸左右——不出意外是17世纪的做工。皮克曼说这便是他提过的井，属于山腹隧道系统的组成部分，而我尤意间注意到这口井未用砖封死，只盖了块沉甸甸的木板。想到皮克曼那些疯狂的暗示，想到这口井可能连通的事物，我不禁打了个寒战，立马转身随他步上台阶、穿过窄门，来到一个相当宽敞的房间。这里铺有木地板，布置了家具，便是他工作的地点，一盏煤油灯提供了绘画必需的照明。

果不其然，画架上和墙角边那些未完成的画作跟楼上的成品一样惊悚，并进一步展现了作者娴熟的技巧。皮克曼对待每幅作品都同样精细，他先用铅笔一丝不苟地勾勒出正确的透视与比例关系，不愧为伟大的画家——时至今日，不管我对那家伙的了解有多深，都必须承认他的水平。桌上一台大相机吸引了我的注意，皮克曼说那是用来拍摄风光的，以便就着照片在画室作画，省得扛上装备东奔西走。他认为照片在持久创作中的价值几乎等于真实的风景或模特，并乐于承认自己经常利用照片。

我正为满目所见的令人作呕的草稿与半成品而惶惶不安，皮克曼冷不防地揭开背光处一张大画布，教我不由得高声惊叫起来——那是当晚我第二次尖叫出声。我的叫声被阴暗的穹顶反射，在挂满硝霜的古老地窖里回荡，同时我还必须狠狠按捺住喉头涌上的冲动，以免爆发歇斯底里的大笑。仁慈的造物主啊！艾略特，我已无法分辨真实与狂想，地球上容不下这等噩梦！

画布上有一头不知出处的亵神巨物，顶着血红而炽烈的眼睛。它用瘦骨嶙峋的爪子抓住人类的死尸，像小孩舔糖棍那样品尝人头，而近乎蜷伏的姿势表明它随时可能丢下当前的猎物，扑向更美味的大餐。不过，该死的，让那幅画成为恐怖源泉的并非其描绘的场景，也不是画面里梦魇般的生物——不是它长有尖耳朵、扁鼻子、充血眼睛和流涎大嘴的狗脸，不是它带鳞片的爪子、霉菌覆盖的身躯与半蹄状的脚掌，尽管上述任何一项体貌特征都足以把精神敏感者逼疯。

真正要命的是画工，艾略特，那天杀的、亵渎的、违背常理的画工！我这辈子从未见过如此化腐朽为神奇的技艺，竟能令怪物与现实融为一体——它怒视着我，又啃一啃骨头；它啃一啃骨头，又怒视着我……以自然法则之名，这幅画绝不可能在没有模特的情况下创作出来，只有把自己出卖给恶魔，才能窥见这阴曹地府的情景！

画布空白处用图钉钉着一张皱巴巴的纸，兴许便是皮克曼用来参照、借以描摹丑恶背景的照片，于是我伸手抚平观瞧……这时，皮克曼突然像挨了枪子似的一跃而起。自从我惊骇的尖叫在幽深的地窖里激起突兀的回音，他便一直全神贯注地侧耳倾听着，此刻似乎有点慌张——但他的慌张与我的不同，主要在行动而非心理层面。他掏出左轮手枪，示意我保持安静，然后迈步踏入主地窖，还顺手关上了画室门。

我当时是呆住了，只能仿效皮克曼的样子侧耳倾听。某处似乎传来极微弱的碎步快跑声，又一连串分不清方向的"吱吱"声或"咩咩"声。这些声音让我联想到巨大的老鼠，不由得发起抖来。接着是一声沉闷的"咔嗒"——鬼鬼祟祟、偷偷摸摸、难以形容的"咔嗒"声。我浑身起了鸡皮疙瘩，"咔嗒"声带给我的感觉就像沉重的木头落在岩石或砖块上……木头落在砖块上，你说我联想到什么？

"咔嗒"声再次传来，动静更大，似乎木头下落的高度正在增加。接下来是刺耳的摩擦，皮克曼的呵斥，左轮手枪连射六发的巨响——他毫不犹豫地清空了弹匣，就像驯狮员急于震慑野兽一样。随即传来压抑的尖叫或惨叫……"轰"的一声重响……木头和砖块再度摩擦……鸦雀无声……门开了——必须承认，我被吓得魂飞魄散。然而进门的只是皮克曼，他拎着仍在冒烟的武器，破口大骂肆虐古井的硕鼠。

"鬼知道它们在吃什么，瑟伯，"他咧嘴笑道，"古隧道连通着坟场、海岸和女巫的巢穴。无论如何，它们一定饿坏了，拼命想出来。我想是你的叫声刺激了它们，在这些老地方最好多个心眼——啮齿类朋友是这里的一大缺点，虽然有时能烘托气氛与色彩。"

就这样，艾略特，那晚的冒险到此结束。皮克曼答应带我参观新画室，上帝做证他履行了承诺。事后他似乎领我从另一个方向穿出乱麻般的巷弄，我看到路灯柱时，对周遭单调排列的公寓楼和旧房子略有印象。原来是宪章街，但心绪不宁的我已不记得是怎样拐上这条街的了。轨道交通已告收班，我们只好经汉诺威街走回下城区，这一路我记得很清楚。我们从特莱蒙街上行到灯塔街，随后在欢乐街路口分道扬镳，从此再未联络。

我为什么与他绝交？别急，等我摇铃叫杯咖啡。酒我们喝够了，现在我需要点别的。不——不是因为那房子里的画，虽然我敢发誓，波士顿九成的俱乐部和会所会因此把他扫地出门，而我远离地铁和地窖的原因也在此。真实原因是……第二天一大早我在外套里发现的东西。还记得吗？地窖内可怕的大画布上钉了一张皱巴巴的纸，我原以为那是皮克曼用来为怪物描摹背景的照片。当晚我正待查看时变故陡生，结果顺手将它揣进了兜里。咖啡来了，艾略特，聪明的话就喝原味的。

我与皮克曼绝交正因那张照片。理查德·厄普顿·皮克曼，我认识的最伟大的画家，也是超越生命界限、跃入神话与疯狂的深渊的最污秽的存在。艾略特——老里德说得没错，他的确不能算作人类。无论是他原本就诞生于诡异的阴影下，还是后来找到办法打开了禁忌之门，结果都一样。好在他业已失踪，回归到他甘之如饴的黑暗世界。来，把吊灯点上。

别让我解释烧掉照片的理由，也别瞎猜，更不要追问被皮克曼谎称为"硕鼠"的那种偷偷摸摸的生物到底是啥。你知道，有的秘密可能源自塞勒姆镇的巫术时代，科顿·马瑟讲过更离奇的事；你也清楚，皮克曼天杀的画工有多逼真，教人不得不疑惑那些面孔的灵感从何而来。

简要说吧，那并非风光摄影，它分明拍下了大画布上的可憎怪物。皮克曼的模特身处地窖画室，背后墙壁的细节丝毫不差。上帝啊，艾略特，那是　张不折不扣的实景照片！

H.P. 洛夫克拉夫特 著

6

《死灵之书》的历史（大纲）

此书原名《阿吉夫》，阿拉伯人用"阿吉夫"指代夜间（昆虫发出的）仿若魔鬼号叫之音。

此书为也门萨那城的疯诗人阿卜杜勒·阿尔哈扎德所著，据说其人活跃于公元 700 年前后（下文均为公元纪年）的倭马亚王朝时期。他造访过巴比伦的废墟和孟斐斯地下的秘所，又在阿拉伯半岛南部的大沙漠——古时称作"鲁卡哈利"或"空旷之地"，现代名为"代赫纳"或"猩红沙漠"——独自闯荡十年。据说那片沙漠被守护邪灵和致命凶兽所盘踞，那些自称穿越过它的人散播了许多诡异而难以置信的奇闻。阿尔哈扎德晚年定居大马士革，在那里完成了《死灵之书》（《阿吉夫》）。关于他的过世或失踪（738 年），历来有诸多骇人而矛盾的说法，伊本·哈利坎（13 世纪的传记作家）声称一只隐形怪物在光天化日之下抓住他，当着吓呆的大批民众的面将他活活吞噬。阿尔哈扎德的疯狂事迹流传甚广，据说他见过寓言里的"千柱之城"伊赖姆，还在某个无名沙漠小城的遗迹下，寻到一个比人类更古老的智慧种族留下的可怕典籍和恐怖秘密。他身为一介穆斯林，却崇拜着被他称为"犹格－索托斯"和"克苏鲁"的未知神祇。

950 年，《阿吉夫》——此书早先已在哲学家的小圈子里流传——被君士坦丁堡的提奥多鲁斯·弗列塔斯秘密转译为希腊语，并更名为《死灵之书》。随后的一个世纪，某些人士用它进行了一些可怕的尝试，直到米海尔牧首下令查禁并焚毁此书。尔后此书仅存在于传闻中，但中世纪时（1228 年）奥勒·沃姆斯又将其转译为拉丁语。该文本后来被印刷过两次———一次是 15 世纪的粗黑体印刷（显然在德国），另一次是 17 世纪（可能在西班牙），两个版本均无识别标记，只能通过内文特征来判断印刷的时间与地点。1232 年，《死灵之书》的拉丁语文本诞生后不久，教皇格里高利九世注意到其恶劣影响，遂同时查禁其希腊语文本和拉丁语文本。沃姆斯在《死灵之书》的拉丁语文本序言中即指出，他着手翻译时，此书的阿拉伯原文版本已告失传，而 1692 年塞勒姆镇的图书馆被付之一炬后，此书的希腊语文本——曾于 1500 年至 1550 年在意大利印刷——亦无从寻觅。迪伊博士的英语译本从未付印，原始手稿仅留有残篇。

时至今日，《死灵之书》仅有拉丁语文本完整存世，已知有一份早期刊本（15 世纪版本）被深锁于大英博物馆，四份晚期刊本（17 世纪版本）分别保存在巴黎的法国国家图书馆、哈佛大学的怀德纳图书馆、阿卡姆镇密斯卡托尼克大学的图书馆和布宜诺斯艾利斯大学的图书馆。此外可能还有一些秘密藏本，流传甚广的谣言声称美国某位赫赫有名的百万富翁收藏有《死灵之书》的早期刊本，另一则更模糊的传闻说塞勒姆镇的皮克曼家族保留有 16 世纪的希腊语文本——即使这是真的，该文本也与画家理查德·厄普顿·皮克曼一起于 1926 年年初人间蒸发了。

《死灵之书》自问世以来，一直遭到绝大多数当权者及各大宗教的严厉弹压，阅读此书会导致可怕的厄运。罗伯特·威廉·钱伯斯的早期小说《黄衣王》的灵感正源于（鲜为大众所知的）《死灵之书》的相关传闻。

《死灵之书》的年代表

约 730 年　阿卜杜勒·阿尔哈扎德在大马士革写出《阿吉夫》。

950 年　提奥多鲁斯·弗列塔斯将《阿吉夫》转译为希腊文，更名为《死灵之书》。

1050 年　米海尔牧首焚毁此书（希腊语文本）。此书的阿拉伯原文版亦失传。

1228 年　沃姆斯将此书的希腊语文本转译为拉丁语。

1232 年　格里高利九世教皇查禁此书的拉丁语文本（及存世的希腊语文本）。

15 世纪　此书的拉丁语黑体字印刷版本出现（在德国）。

16 世纪　此书的希腊语文本在意大利印刷。

17 世纪　此书的拉丁语文本在西班牙再次印刷。

H.P. 洛夫克拉夫特 著

7

古籍

我的记忆非常混乱，不知该从何谈起，往事有时仿若可怕的远景，有时又像无垠无形的灰色雾霾，紧紧包裹着无所依归的现实。我甚至不确定自己传递这段信息的方式——我知道自己在说话，却隐约感到涉及某些我希望别人理解的关键点时，必须做出奇怪乃至可怕的妥协。我的自我认知亦含混不清，似乎受过巨大创伤，这或许是某种独特而又震撼的经历所引发的严重后果。

　　所谓独特而又震撼的经历，无疑与那部饱经虫蛀的古籍有关。我记得自己找到它的时间与地点——在污黑油腻、迷雾盘旋的河边，在那个光线昏暗、年代古早的地方，有许多漆黑的房间和内室，室内无穷无尽、与天花板等高的书架塞满各种陈旧典籍，地板上和粗糙的箱子里也杂乱堆积着书本。我就是在书堆中发现那本书的。由于最初几页缺失，我从不知书名为何，它摊开后面的部分躺在那里，令我一瞥之下便大脑充血。

　　我瞥见的是一道咒式，列出了一系列言语和动作。我知道那是黑暗与禁忌的领域，钻研宇宙间深藏之秘的奇人先哲们，曾怀着厌恶与迷恋混合的复杂情绪偷偷留下记载，而我曾孜孜不倦地从相关的腐朽书页中汲取。那是通往特定门扉的钥匙和指引，能实现神秘主义者自古以来的理论与梦想，涉及超越我们所知的三维空间和生命界限的自由与发现。种种珍贵的内容已有数世纪不曾被人忆起，也不知到何处找寻——那真是不折不扣的古籍，它并非印刷品，而是某个半疯僧侣的手抄本，此人用久远得可怕的安色尔体抄录了那些不祥的拉丁语词句。

记得我带走那本书时，老人吃吃笑着乜斜过来，比画了个奇怪的手势，那时我尚不明白他拒收书款的原因。但不久后，当我快步通过水边狭窄曲折、雾气森森的街道时，突然心生怯意，仿佛有个刻意压低的脚步在暗中尾随，两旁摇摇欲坠的老房子似乎也生出前所未有的病态恶意，就像此前紧闭的邪恶之门突然打开了一样。周围的墙壁、头顶发霉的砖石三角墙、爬满真菌的石膏和木料，宛若无数死鱼眼窥视着我的玻璃窗格……它们都在推挤我、碾轧我，而我合上书本并带走它之前，只不过读了那个亵渎咒式的一小段。

记得我把自己锁在长久以来致力于奇诡探索的阁楼房间，终于能脸色苍白地沉浸到书中。是时午夜已过，庞大的宅邸寂静无声。我似乎有着家室，还有众多仆人，然而个中细节模糊不清，我甚至不明白是哪年的事——从那以后，我穿越诸多纪元和维度，旧的时间观念横遭颠覆和重组。我在烛光下埋头苦读，唯有不断滴落的烛泪和远处钟楼时而敲响的钟声做伴——我尤其在乎报时的钟声，唯恐其掩盖某些遥远而恶毒的声音。

当我拖长语调、高声读出那首太初诗篇的第九节，并因明了其含义而浑身颤抖时，从俯瞰城内房屋的阁楼窗边，首度传来刮擦声和摸索声。穿越门扉之人将得到阴影的眷顾，永不再形单影只。我得以升华——这本书果然与推测相符——当晚便穿越门扉，进入时空扭曲的旋涡，待早上回到阁楼房间，我看待周遭墙壁、书架和陈设的方式均焕然一新。

我对外界的观感改变了，眼中的现实总混杂着几许过去和几许未来，拓展的视野带来崭新的视角，每件熟悉的东西都滋生出异端。从此，我行走在全然未知和一知半解的形体组成的幻梦之中，随着跨越的门扉不断增多，也越发脱离长久以来所局限的一隅空间，越发不能辨认身边事物。我的自我认知与众不同，却只能用加倍的沉默与回避来掩饰，以免被外界视为神经错乱。狗很怕我，它们能察觉到缠绕着我的外域阴影。无论如何，我坚持阅读，继续汲取全新视野指引我找到的、那些隐藏和被遗忘的书本及卷轴。我不断穿越门扉，体验不同的空间、存在和生命模式，直指未知宇宙的核心。

那晚，我在地板上弄出五个熊熊燃烧的同心圆，并站在中央的圆环内，吟唱鞑靼人的使者带来的怪诞连祷。墙壁随之消融，黑风将我卷向深不可测的灰色旋涡，未知的山脉那些针尖般的山峰在我身下几英里远的地方出现。没过多久，我彻底被黑暗吞噬，所幸无数星光旋即组成诸多全然陌生的奇异星座。终于，我看见下方远处点缀着绿意的平原，原野上有座布满扭曲高塔的城市，其建筑风格是我闻所未闻、见所未见，也从未梦到的。我飘近那座城市，目睹了开阔处一栋宏伟的方形石头建筑，突然感到无比恐惧，不由得又是尖叫又是挣扎。视野化为空白，我回到了阁楼房间，摊开四肢躺在地板上发出磷光的五个圆环之中。那晚的游历并不比之前许多个晚上更离奇，却更为恐怖，因我意识到自己前所未有地靠近了外域的深渊和世界。从那以后，我使用咒术变得更加谨慎，唯恐与肉身及地球的联系被切断，彻底迷失在未知的深渊里。

H.P. 洛夫克拉夫特 著

8

他

我与他在无眠之夜的邂逅，肇始于挽救灵魂与灵感的绝望游荡。前来纽约是个错误，蜿蜒无尽的古老街道编织成拥挤的迷宫，通往一片又一片丝毫不值得留念的庭院、广场和码头，高不可攀的现代楼房和尖顶则如同阴森的巴比伦塔耸立于残月之下。我渴求触动内心的灵感和奇迹，却得到极欲掌控、麻痹和吞噬我的恐怖与压抑。

　　冰冻三尺，非一日之寒。我最初也曾站在横跨水面的雄伟大桥上眺望夕阳，前所未见的广厦高塔宛若紫罗兰色雾霭中亭亭玉立的花朵，衬以金色的火烧云和为夜晚报时的星星。随着亮晶晶的潮水上面的窗户一扇接一扇点亮，灯火摇曳不定，低沉的喇叭奏出怪异的和声，整座城市又化作星光闪耀的乐园和仙音缭绕的梦乡，足与卡尔卡松、撒马尔罕、黄金国等一切半真半假的辉煌与奇迹之地并驾齐驱。接下来，我被领着穿过惊喜连连的老街，狭窄弯曲的巷弄和过道两旁尽是乔治王朝时期的红砖房，立柱支撑的门廊上方的小格老虎窗俯视着来来往往的镀金轿车和镶板马车。初见这些梦寐以求的事物，我涨红了脸，以为自己真能拥有诗人的宝藏。

　　可惜好景不长。明晃晃的白昼无情地拂去月光暗示的美好与古老魔力，朝各个方向肆意生长的砖石原来如此肮脏和异常，犹如象皮肿覆盖的皮肤，令人作呕。阴沟般的街道乱哄哄地挤满矮胖黑肤的外国佬，他们长着眯眯眼，表情冷漠、神态狡黠，一看就是胸无梦想，与此地格格不入。对一个生有湛蓝的眼珠，衷心喜爱整洁的绿茵小径和新英格兰村庄的白色尖顶的老派人士而言，那帮家伙是彻头彻尾的祸害。

我无法创作期冀的诗歌，只感到战栗的空虚和难言的寂寞。久而久之，我看清了没人敢悄悄吐露的可怕真相，抑或是人人心照不宣的秘中之秘：这座喧闹的石头城与伦敦之于老伦敦、巴黎之于老巴黎不同，它并非老纽约的知性延续，而是完全死透了，无法反抗的尸体接受的防腐措施漏洞百出，以致成为与生前无涉的怪异病毒滋生的温床。发现这点令我夜不能寐，直到形成白天远离街道、晚上出去冒险的习惯，才找回些许认命似的安宁。黑夜能唤起一丝鬼魅般徘徊不散的往昔，古老的白色门廊铭记着从中穿过的伟岸身形，这样的安抚使我没有颓唐到灰头土脸地重返家园、融入同胞，乃至勉力写出了几首诗。

正是这种无眠之夜的漫步中，在格林尼治村一个隐秘古怪的庭院里，我遇见了他。出于无知，我听信格林尼治村是诗人和艺术家的天然乐土，贸然在此落脚。古香古色的街巷和房屋，以及不期而遇的小广场或庭院的确让人欢欣鼓舞，但我发现所谓的诗人和艺术家不过是些华而不实、附庸风雅的冒牌货，与诗歌和艺术对于纯粹美学的追求大异其趣。我留下来只因可敬的景色，乐于想象村子尚未被城镇吞没时那丰盛的平和与美好。每当黎明之前、纵酒狂欢者作鸟兽散后，我会沿着隐秘蜿蜒的小路独自徜徉，为世世代代沉淀累积的奥妙遐思神往。这让我的灵魂得以幸存，并为内心深处蠢蠢欲动的诗意提供了一些不可多得的素材与梦想。

我遇见他是 8 月一个阴云密布的凌晨两点。我所漫步的那些独立庭院，过去由四通八达的别致街巷连接，如今却只能通过建筑物间没有灯光的走道抵达。作为市井传闻，它们不可能出现在今日地图上，但世人的遗忘反倒煽起我的向往，催动我加倍努力寻觅。初步成果进一步激励了我，因为相关布局暗示这样的院落依稀还不少，它们低调而沉默的同类或隐秘地楔在无窗的高墙和不临街的废弃公寓之间，或潜伏于门廊后没有灯光的暗处。拉帮结派的外国佬说不出它们的由来，鬼鬼祟祟、拘谨寡言的艺术家们则舍不得让出这种地点，他们私下会在此尝试各种见不得天日的出格事。

我一开始没理他，专注于研究装有铁护栏的梯级上的镶环大门。花纹气窗透出的苍白光线微微照亮了我的脸庞，把我的情绪和视线泄露给上前搭讪的他。那顶藏住他面孔的宽檐帽，与他身上早已过时的斗篷莫名地相配。其实我心中隐约感到不安，因他身影纤细，瘦削得像具尸体，声音又轻柔空洞，缺乏沉稳。不过他自称注意到我的频繁游荡，据此推测我跟他一样热爱古迹。这样一位长期从事探索、对本地熟门熟路的老手愿意充当向导，我这个初来乍到者又怎能拒绝呢？

说话间，我也借助阁楼孤窗射出的一束昏黄光线瞥见了他的脸。那是一张带着贵气，乃至有些英俊的长者面孔，透出今时今地不多见的血统与教养，但带给我的困惑几与好感相当——不知是这张脸太过苍白，还是毫无表情，抑或是不容于周遭环境？总之无法让我放松和平静。尽管如此，我还是跟了上去，毕竟在这段枯燥乏味的日子里，寻访旧日美景和挖掘过往秘辛乃是我灵魂的养料，能遇到志同道合且钻研更深的同伴，不啻命运的罕见垂青。

午夜的某些情愫让斗篷男沉默下来，足足有一个小时，他只说必要的字句引领我，并简要解说某些古代名称、日期和历史变迁，大部分情况用手势示意。我们挤过缝隙，攀登砖墙，踮起脚尖穿越回廊，甚至一度手脚并用地爬过低矮的石拱道。那通道长得要命且七弯八拐，令我记忆方位的努力全归失败。我们在途中见到很多极为古老且奇妙的事物——至少在凌乱的微光下显得如此——我永远也忘不了那些摇摇欲坠的爱奥尼亚式石柱，那些凹槽壁柱和瓮头铁栅栏，还有带喇叭过梁的窗户与装饰性的楣窗。越是深入这不知年岁的无尽迷宫，景色也越加离奇而古韵盎然起来。

我们没遇到任何人，随着时间流逝，亮灯的窗也越发稀少。街灯起初尚是烧油，还裹着古典的菱形花纹罩，后来我注意到有些灯点的是蜡烛，最后经过全无亮光的可怕庭院时，向导不得不用戴手套的手牵我穿越这伸手不见五指的黑暗，进入开在高墙下的狭窄木门。门后是一条残缺不全的小巷，每隔七户在门口有一盏灯，令人难以置信的是，那些都是殖民地时期的锡灯，有锥形顶和侧面开孔。巷子向上陡峭爬升，不像是纽约这部分城区会有的坡度，斜坡尽头被一栋私宅覆满常青藤的墙壁捂了个严实。借着模糊的天光，我看见墙后有一个苍白的圆顶和若干晃动的树梢，墙下有扇颇为矮小、镶有铁钉的黑色橡木拱门。向导用沉重的钥匙打开门，领我沿路——可能是条碎石小径——再次穿过彻底的黑暗，来到屋门石阶前，之后又拿钥匙开门。

刚一进门，绵绵不绝的腐臭味便扑面而至，直令我头昏脑涨。这想必是数世纪的腐朽积攒的恶果，但宅邸主人——我的向导——似乎并不在意，我也只好礼貌地保持沉默，任他领我登上螺旋楼梯，穿过走廊，进入房间。他在我身后锁上房门，又拉上窗帘遮挡被微明的天色依稀勾勒出的三扇小格窗，最后来到壁炉架前，敲击燧石和火镰点亮十二枝大烛台上的两根蜡烛，并作势要我小声说话。

借助微弱的烛光，我发现这是一间布置考究、镶有墙板的宽敞藏书室，年代应可追溯到 18 世纪初。这里有华丽的三角门楣、惹人喜爱的多立克式飞檐，雕刻精美且备有置物台的壁炉架。摆满书籍的书架以一定间隔沿墙摆放，顶上是精心裱装的家族肖像画——画像里的人物被黑暗侵蚀得看不真切，但与我眼前的男人无疑有肖似之处。宅邸主人示意我坐到一张优雅的奇彭代尔式桌子旁，他自己在对面落座前似乎稍显尴尬般顿了顿，方才缓缓摘掉手套、宽檐帽和斗篷，戏剧性地露出全套乔治王朝中期的古旧装扮：头上的假发、荷叶边领口、及膝马裤、丝绸长筒袜及一双我之前没注意到的搭扣鞋。他慢吞吞地坐进镂空竖琴靠背椅，目光炯炯地打量我。

摘下帽子的他显得格外苍老，我暗自琢磨，不肯示人的高寿或许也是最初不安感的来源之一？当他终于发言时，那轻柔空洞且刻意压低的嗓音时而发颤，教人很难听清。我在兴奋之余保持着适当的警觉，两种感觉都在不断加深。

"明人不说暗话，先生，"宅邸主人道，"在尊驾这等爱好古玩的有识之士眼前，吾纵有千般怪癖，倒也不必为此身装束辩白。可叹世风日下、人心不古，吾隐姓埋名，但求保得服俗之偏好。能留住此栋乡间祖宅亦属幸事，本地曾先后被两座城镇吞并，先是 1800 年格林尼治村兴建，1830 年前又连通了纽约城。出于种种因由，本家须牢牢看住此地，吾自是责无旁贷矣。

"1768 年，继承宅邸的乡绅钻研技艺而有所悟，且与此地影响存在莫大关联，一切均由此而起。吾有意展示其当年钻研悟得之古怪，但请尊驾务必保密。吾自认有识人之明，料尊驾之志趣与诚实当不致令吾失望也？"

他停顿片刻，我只能点头。我固然怀着适当的警觉，但令我灵魂窒息的莫过于纽约城在阳光下袒露的物质世界，不管眼前的男人是无害的怪胎，还是某种危险行为的实践者，我都宁愿随之一睹玄机，以满足强烈的好奇。于是我继续倾听。

"吾——吾祖——"他轻声续道，"坐拥人类罕见之意志品质，不但能轻松驾驭自身及他人之行为，亦能操控自然界每种力量和物质，甚或运筹超越自然之元素与维度。以吾所见，吾祖对时空神圣性心存藐视，以致愿为古怪用途、径行接纳印第安杂种之秘传仪式。盖彼等曾盘踞此山，宅邸兴建之初即暴跳如雷、屡番要挟，急欲在满月时分回归拜访，多年来每于此时径自翻墙入院、暗行不轨。1768 年，继承宅邸的乡绅撞上彼等鬼鬼祟祟，全程旁观后提出协商，允其自由出入以换取解释。吾祖从中得知，印第安人之行为部分源于红皮祖先，部分源于联省共和国时期某荷兰老者。此后，吾祖以下品朗姆酒招待一帮印第安杂种，怎知天有不测风云，一星期后知晓秘密的仅剩其一人。时至今日，若非尊驾热衷古雅，吾亦不会冒天打雷劈之风险，将秘密首度告于外人。"

老者越来越健谈，流畅地讲述着另一个时代的事。我不寒而栗，但他没有停顿。

"尊驾须知，吾——吾祖——学识渊博，从那帮杂种手中抢救者唯一药引耳。吾祖曾求学牛津，又与巴黎一位老炼金术士兼占星师深入交流，以其慧心明察，洞悉大千世界莫过吾等心智编织之迷雾，庸人无法将其穿透，智者却可吞云吐雾，犹若呼吸上等弗吉尼亚烟草，随心所欲、予取予求。吾难称手眼通天，但可唤出其他年代之奇景，远胜尊驾所思所想。就请尊驾移步窗边，展示之时莫要出声、莫要恐惧。"

藏书室较长的·面墙有两扇窗，宅邸主人牵起我的手穿过霉味浓郁的屋子，往其中一扇窗走去。刚接触到他没戴手套的肌肤，我便如坠冰窟，那只手虽干燥有力，却寒冷无比。我差点直接甩开，但想到空虚乏味的日常生活，又壮起胆子任他带领。我们来到窗前，他拉开黄丝绸窗帘，指引我注视外面的黑暗。一开始，我只看到底下极远处无数舞动的小光点，接着宅邸主人伸出一只手狠狠地比画，一道灼热的闪电如同回应般照亮了整个视野，我旋即看到了大片宛若波浪起伏的叶子——未经污染的植物！可外头被照亮的本该是大片房屋才对。哈德孙河在我右手边波光粼粼、暗藏凶险，前方远处辽阔的盐泽发出瘆人光泽，嗡嗡乱舞的萤火虫聚集其上。闪电熄灭，我身边这位老巫师白蜡般的脸上绽放出邪恶的微笑。

"此为吾——吾祖——来此之前的年代。且容再试。"

我有些头晕，比这天杀的城市、可憎的现代化带来的眩晕更严重。

"上帝啊！"我轻声感叹，"你能穿越任何年代？"他点点头，咧嘴露出黄板牙腐蚀殆尽后剩下的黑牙根。我抓紧窗帘才没倒下，而他也用冰冷可怖的爪子扶住我，同时再次狠狠地比画。

闪电再度扫过……这回的景色并不全然陌生，我眼前出现的依旧是格林尼治村——曾经的格林尼治村，我只能辨出个别屋顶或某排房子，伴随它们的是美好的绿茵小径、田园和小片公共绿地。闪烁的沼泽依然位于远处，更远处则浮现出纽约城木材燃烧的薄烟笼罩的所有尖顶——三一教堂、圣保罗大教堂和红砖长老会教堂在其中格外突出。我的呼吸越发粗重，不单为眼前的景象，更由此联想到无数恐怖的可能性。

"你能——你敢——走得更远吗？"我敬畏地问。他似乎一时也有点眩晕，但邪恶的微笑很快又回到脸上。

"更远？吾所见之物可让汝化作痴呆顽石！回溯，回溯——向前，向前——看哪，汝等哀泣蠢物！"

他一面低声咆哮，一面又比画了几下，比前两次更夺目的闪电随之划破苍穹——整整三秒钟里，我看见了目不暇接的病态场景，它们也成为折磨我终身的梦魇源头。梦中的天空布满无数奇怪的飞行物，下方是黑色的地狱之城，不洁的金字塔林立于巨石搭建的梯台上，张牙舞爪地伸向月亮，数不清的窗户射出邪魅的魔光。一段段空中廊道可憎地挤满了这座城市的市民，他们是生有眯眯眼的黄种人，套着橙色或红色的艳俗袍子，伴随躁乱的鼓点、放荡的克罗塔拉以及癫眩嘶哑的号角疯狂舞蹈——那连绵不绝、起伏不定的丧音，仿佛亵渎的沥青波涛翻滚不休。

我亲眼看到了这幕场景，心里真切地听到仿如海底魔洞传出的刺耳渎神的邪恶之音，这座死城厉声宣告着恐怖的来世，势将令我的灵魂永远不得安宁。我被惊吓得丧魂落魄，浑然忘记保持安静的禁令，只管疯狂地惨叫，周围墙壁似乎都在跟着颤抖。

闪电突然熄灭，宅邸主人也发起抖来，我的惨叫扭曲了他毒蛇般的脸，而他的怒不可遏中隐约透出惊慌与恐惧。他同样立足不稳，像我之前那样抓紧了窗帘，又如同被陷阱捕获的动物般拼命甩头——上帝做证！当我惨叫的回音散尽，马上响起了另一种带有残酷意味的声音，若非我尚未摆脱强烈的情绪冲击，听到那声音时绝不可能保持理智与清醒。那是上锁的房门外持续不断、鬼鬼祟祟的嘎吱声，似乎有许多赤裸或穿兽皮鞋的脚掌踩着楼梯往上爬，被微弱的烛光照亮的黄铜门锁随后也有了响动，仿佛谁在小心谨慎但目的明确地摆弄它。老巫师伸手攫住我，隔着满是霉味的空气啐了我一口，他的另一只手依旧抓紧黄色窗帘，声嘶力竭地吼道："满月——畜生……瞎……瞎叫的狗畜生——汝唤出那帮杂种索命来也！鹿皮鞋的脚——死人——天有不测风云，红皮魔鬼们，朗姆酒里绝没下毒！——吾不是守住了汝等生疮流脓的巫术奥秘吗？——汝等自买醉求死，怎可冤枉好人？——快快放手！放开门锁——吾绝无——"

房门镶板随着三下缓慢且从容的叩击晃动起来，慌乱的巫师被吓得口吐白沫。他已彻底绝望，只顾迁怒于我。他蹒跚着朝我扶住的桌子踏出一步，右手依旧抓紧窗帘，左手拼命伸来，窗帘被越抓越紧，终于不堪重负地脱离了高处的挂钩，满月的光辉顿时倾泻而入——之前微明的天色已有预示。绿幽幽的月光让烛火黯然失色，腐败也伴随着光线在这腐臭的房间里迅速蔓延：镶板爬满蛀虫、地板松脱下陷、壁炉架老旧破损、家具摇摇欲坠、地毯残败不堪……老人亦受到波及，不知是月光的魔力还是过于恐惧激动，当他向我扑来，伸出两只秃鹫一样的爪子想要撕碎我时，我觉得他整个人枯萎了下去，只剩那对执着而炽热的眼球保持完整——在焦黑皱缩的面孔衬托下，那双眼球显得越来越大。

叩击越发急促用力，似乎还夹杂着金属响声。我面前的焦黑怪物只剩下一颗带眼球的骷髅头，但仍在持续塌陷的地板上朝我无力地蠕动，上气不接下气般吐出几口无限怨恨的唾沫。朽坏的房门镶板终于承受不住迅猛的攻击，我看到一把寒光闪烁的战斧劈穿木头，自己却呆若木鸡、动弹不得。恍惚之中，房门已裂成碎片，一大团墨黑色液体瞪着无数满怀恶意的闪亮眼睛，倾泻涌入藏书室，活像冲垮腐烂隔水壁的大片石油。它向四周散开时卷走了一把椅子，又从桌下流过，穿过房间找到那颗仍怒视着我的焦黑头颅。它将头颅包覆起来，整个吞没，随即裹着看不见的战利品退去。自始至终，它没碰我一根汗毛，流出漆黑的门口又流下漆黑的楼梯，嘎吱声再度传来，只是渐行渐远。

地板终于彻底坍塌，我惊呼着掉进下方漆黑的房间，不但被蜘蛛网呛得窒息，还害怕得差点晕过去。破窗透出绿色月光，厅门开了道缝，当我从撒满石膏碎片的地上起身，挣脱掉落的天花板残渣时，可怕的黑色洪流再次迅速淌过，数十只阴森的眼睛在其中闪烁。它寻找着地窖门，找到后便钻进去消失了，这下底层地板也像楼上的房间一样摇晃起来，伴随头顶的碎裂声，西窗外有东西倒下，赫然便是房子的圆顶。我立刻冲出瓦砾堆，飞也似的奔向大厅前门。门拉不开，我立马抄起椅子敲碎窗户，慌慌张张地爬了出去。外面是无人照料的草坪，月光在一码多高的长茎野草上翩翩起舞。院墙很高，门都锁着，但我将一堆箱子推到角落，踩着它们勉强够到墙顶的巨大石瓮。

筋疲力尽的我举目所见皆是陌生的墙壁和窗户，还有古老的复折式屋顶。来时的陡峭小巷不知所终，而尽管月光澄澈如洗，河上涌起的迷雾却让能见度迅速归零。突然，我抱住的石瓮也像感受到眩晕般发生致命的摇晃，下一瞬间，我便一头朝未知的命运坠去。

报案者声称，我定是拖着骨折的身体爬出老远，延伸的血迹不忍直视。然而大雨很快冲刷掉这一长串受苦的印记，报道中只说我不知从哪里爬到了佩里街一个黑乎乎的小庭院的入口。

　　我从未想过再去那漆黑的迷宫游荡，不管记得多少，我也不会指引任何正常人前往探索。那古老的生物是谁或是什么东西，我一无所知，但我必须重申，这座城市完全死透了，充斥着无法料想的病毒。我不清楚他的下场，但我自己返回了故乡，在单纯的新英格兰小巷里，夜晚有清新的海风徐徐吹过。

H.P. 洛夫克拉夫特 著

红钩街区恐怖事件

我相信，我们身边既有神圣的仪式亦有污秽的礼赞，我们生存和行走的世界充满未知，不乏洞穴、暗影和微光下的居民；我同样相信，人类有在进化轨道上倒退的可能，可怖的传说并未死去。

——亚瑟·玛臣

（一）

数周前，在罗得岛州帕斯科洛村的街角，有个高大魁梧、看似正常的行人突然做了件怪事，引得议论纷纷。此人约莫从契佩奇特沿路而来，下山后遇到密集的居民区，便左转改走主干道——干道旁几条朴素的商业街传递着些许城镇气息——随即无缘无故做出令人惊骇的举动：他怪异地盯着眼前最高的建筑看了片刻，便吓得歇斯底里尖叫起来，疯了似的拔腿就跑，忙乱中摔倒在相邻的路口。路人们扶他起来，帮他扫掉满身灰尘，此时他仿佛又恢复了理智，不但身体无碍，突然失控的情绪也明显好转。他尴尬地低声解释说自己神经绷得太紧，随后便垂下目光，拖着脚步，头也不回地上山返回契佩奇特了。这样一个健康正派、举止得体的家伙怎会突然发癫呢？当有围观者认出此人原是外来客，寄住在契佩奇特郊外一位著名奶牛场主那里，人们的疑惑更深了。

后来人们得知，此人乃纽约警探托马斯·F.马龙，先前咬住辖区内一起可怕的案件展开了极为辛苦的调查，却不料遭遇变故，眼下正长期离岗接受治疗。在亲自参与的突击搜捕行动中，几栋老旧砖房轰然倒塌，致使多名同僚和嫌犯丧命，马龙为此大受打击，患上严重且反常的应激障碍，惧怕所有与那些倒塌的砖房略微相仿的建筑，最终心理医生只能无限期禁止他看到类似事物。一位在契佩奇特有亲戚关系的警署外科医生提议，那个满是殖民地时期木屋的别致小村落很适合精神疗养，饱受折磨的马龙便决定前去试试，并承诺除非得到身处文索基特，并与他一直保持联络的心理医生的允许，决不冒险进入砖房林立的城镇。前来帕斯科戈买杂志完全是自己失误，病患亦为不遵医嘱付出了代价，不但吓得够呛、摔得青肿，还当众出丑。

契佩奇特和帕斯科戈的民众打听到这些小道消息，这些也的确是学识渊博的医生们认定的事实。但其实马龙最初吐露的远不止于此，只因完全得不到医生们的认可，才渐渐止住话头，反正众口铄金，人们一致宣称他的精神失常是由于布鲁克林的红钩街区中那些丑恶砖房的倒塌，伴随着许多勇敢警员的牺牲。他对此保持缄默，于是众人又谈到他为清除散播混乱和暴力的窝点耗费了太多心力，对手的卑劣习俗令常人震惊，不可预料的悲剧不啻压垮他的最后一根稻草。这是人人都能接受的浅薄解释，并不浅薄的马龙满足于此，是因为在他看来，若对缺乏想象力的大众暗示某些超越人类常识的恐怖——上古世界流传下来的污秽恶疾业已感染了他们居住的房屋、街道和城市——所得的报偿恐怕不是在乡间平和地疗养，而是被关进隔音病房。没错，马龙固然推崇神秘主义，但坚守着理性原则，他出生在都柏林凤凰公园旁某个乔治王朝时期的庄园，后就读于都柏林大学，作为地道的凯尔特人，他生来具备包容怪事和秘辛的宽广视野，面对不可思议的现象又颇有逻辑学家的洞察能力。这种奇特的性格组合让他在此前四十二年的人生中比别人走得更远，屡屡置身诡异场合。

回顾当初的见闻感想，马龙庆幸自己保住了秘密，那些秘密能把无畏的战士变作疑神疑鬼的精神病人，能让老旧的贫民窟砖房和黝黑狡黠的面孔化为真实的梦魇和古老的噩兆。这并非他头一次被迫妥协——他毅然投身纽约的地下世界，游走于外国佬泛滥的无底深潭，本身不就是超越理智的疯狂之举吗？在这口熬煮毒药的大坩埚里，不同年代留下的沉渣及其释放的毒液互相混合，沉淀成无穷无尽的污秽与糟粕，他又该如何谈论其中某些只有慧眼方能分辨的古老巫术和怪诞奇迹呢？他在这个看似喧嚣、实则晦暗，外表贪婪、内里亵渎的地方目睹过无人得见的地狱绿火的奇观，正因如此，哪怕每个相识的纽约人都嘲笑他的办事方针，他仍一笑置之。纽约人总是那么愤世嫉俗又牙尖嘴利，他们将他对神秘与未知的追寻贬为异想天开，信誓旦旦地担保如今的纽约只有廉价和庸俗可言。有人甚至下重金赌他一生都写不出一篇讲述纽约底层生活又能提起读者兴趣的故事，哪怕他曾在《都柏林评论》上发表过许多引起强烈反响的文章。回头看来，这位先知的预言表面上得以应验，实际却是莫大的讽刺：马龙最终得以一瞥的恐怖，的确无法写成故事——诚如爱伦·坡借德国人之口说出的名言，Es lässt sich nicht lesen：那是不准人阅读的。

（二）

马龙始终认为，现实的表象下潜伏着神秘。他打小就能体悟事物隐藏的美好，并因此当过诗人，后来贫穷、悲伤和颠沛流离将他的目光引向更黑暗的方向，他开始为周遭世界的邪恶迹象而兴奋。过去，日常生活像是变幻莫测、阴影重重的魔术幻灯，现在却如同比亚兹莱的标志性画面，于辉煌中隐隐透出腐朽，又似古斯塔夫·多雷最晦涩微妙的作品，在极普通的形体和物件中留下恐怖的线索。谢天谢地，大多数高智商人士对深层次的神秘主义不屑一顾，假使聪明人与古老但低微的教团长期保守的秘密相互结合，由此诞生的恶果不仅会迅速摧毁世界，还将损害宇宙的稳定。这无疑是个病态的结论，好在马龙还有与之相当的敏锐思辨力和强烈的幽默感，他满足于玩味某些若隐若现的禁忌念头，不料职责却将他突然甩进无从逃避的真相地狱，迫使他陷入狂乱。

马龙注意到红钩街区时，已被分派到布鲁克林的巴特勒街警署一段时间了。此街区紧邻总督岛对面的老码头，乃是个鱼龙混杂的大迷宫，几条肮脏的马路从水滨爬上周围地势较高的山丘，然后经破败的克林顿街和法院街通往布鲁克林市政厅。区内建筑主要为19世纪前中期的砖房，某些僻静处的小巷和岔路保留着引人入胜的古意，让人不由得联想起狄更斯笔下的场景。可惜这里的居民成分复杂、难以捉摸，素质更是无可救药，叙利亚人、西班牙人、意大利人和黑人在此碰撞糅合，不远处还有几小片斯堪的纳维亚人和美国人的聚居地——想当然尔，这里也跟巴比伦塔的工地一样嘈杂肮脏，外国佬的叫嚷应和着拍打污浊防波堤的油腻海浪，港口汽笛如巨型管风琴般发出冗长的号叫。很久很久以前，这里想必也有过亮丽风光，低处的街道那些实用而不失品位的住宅属于眼神清澈的水手，大房子则林立在山丘之上。有心人迄今还能寻到逝去的美好的残留，譬如形状规整的建筑、偶尔可见的典雅教堂，并从散现各处、今已破旧的细节与装饰中——磨旧的台阶、破败的门廊，饱经虫蛀的装饰性圆柱或壁柱、残留的草坪以及围出草坪的那些弯弯曲曲、锈迹斑斑的铁栏杆——体会到最初的用意。这里的房屋普遍用硬石块搭建，偶有多窗圆顶拔地而起，令人遥想当年居住其中的船长、船主们眺望大海的往事。

可惜如今乱象丛生，无论物质层面还是精神层面都腐朽不堪。上百种亵渎的方言扰动天宇，成群结队的窃贼叫嚷欢唱着穿街过巷。访客在这个迷宫中择路而行时，常能看见偷偷摸摸的手突然掐灭灯火、拉上窗帘，黝黑歹毒的面孔从窗边消失。这里的居民用幽灵般的死寂来回应巡逻队的铿锵脚步，被捕的罪犯也总是口风严实，警方对改革或整顿都深感绝望，只求竖起栅栏保护外部世界不受其堕落的污染。在红钩街区，明目张胆的不法行径就跟流行的方言一样繁多，从走私朗姆酒到非法偷渡乃至残忍得令人发指的肢解与谋杀，可谓五毒俱全。事态尚未激化到人神共愤的地步，并非本地人照顾临近街区，只能归功于高超的掩盖手段。总之，进入红钩街区的人永远比离开的多——至少从陆路算是如此——越是多话越无法全身而退。

红钩街区充斥着令正派市民咬牙切齿、令神父和慈善家们痛心疾首的罪恶，马龙却嗅到一丝微弱但更可怕的隐秘气息。透过想象力与科学方法结合的考察，他意识到在无法无天的环境中长期厮混的现代人会发生危险的退化，越发趋向于遵循最黑暗的本能，在日常生活和祭祀活动中重复类人猿般的野蛮行径。就此，他常以人类学家的眼光看待那些目光呆滞、满脸痘疤的年轻人在黎明前的黑暗时列成长队游行，并为他们的吟唱和诅咒战栗不已。这样的年轻人群体最近越来越多，他们有时在街角猥琐地守望，有时在门廊下用廉价乐器演奏怪异的乐曲，有时占住市政厅附近自助餐厅的桌子发呆、打瞌睡或谈论下流话题，还有时围住停在摇摇欲坠、门窗紧闭的老房子的高大台阶上的肮脏出租车窃窃私语。他们让马龙汗毛倒竖的同时，也让他想入非非，以至于不敢跟同僚们提起。他认为自己从中发现了一连串荒诞而不为人知的线索，那神秘、古老且残忍的模式，完全超越了警方通过正规侦查手段所记录的事件、习惯及范围。马龙打心底认定，这些人继承了某种极骇人的原始传统，掌握着比人类更古老的宗教和仪式衰退崩溃后留下的污秽残片——

他们行为的连贯性和一致性无疑证实了这点，丑恶杂乱的外表下断然遵从着某种独特的秩序。马龙拜读过默里小姐的《西欧女巫教》这样的人类学著作，也注意到近年来乡村和地下团体中的确存在可怕且隐秘的集会及狂欢体系，相关活动源自比雅利安世界更古老的信仰，在大众传说中一般被称作"黑弥撒"和"女巫安息日"。或许，古老的图兰－亚洲魔法和丰饶崇拜的可憎余孽并未绝迹，马龙时常好奇，实情会比私下流传的那些最古老、最黑暗的故事糟糕几分呢？

（三）

马龙卷入红钩街区谜团的契机，乃是罗伯特·苏伊丹一案。苏伊丹是古老的荷兰家族中一位原本仅能勉强谋生的博学隐士，他住在弗莱布许一座年久失修的大宅子里，宅子由其祖父建造时当地仅是个村庄，惹人喜爱的殖民地时期村舍包围着爬满常春藤的归正会尖顶教堂，教堂旁又用铁栏杆围出荷兰人的墓地。如今这座宅子孤单地矗立在长满古树的庭院中，与马坦塞街相隔一段距离。六十年来，苏伊丹于此阅读和冥思，只在一代人以前乘船去过旧大陆，并逗留八年。他请不起仆人，严苛的独居习惯亦限制了访客，而他把底层三间屋子中的一间改造成宽敞、高顶的图书室，四壁硬是塞满了破破烂烂、古旧乏味，还让人隐隐心生排斥的沉重典籍。他就待在这里，避开亲朋好友，只接纳寥寥可数的熟客，对镇子的扩张及最终并入布鲁克林区等事务漠不关心，在当地的影响力也越来越小。老一辈尚能在街上认出他，但对大多数年轻人来说，他只是个肥胖的怪老头，白发蓬乱，胡子拉碴，爱穿一身发亮的黑衣服，手拄有些滑稽的金头杖。马龙亦是因案件才认识苏伊丹的，但此前业已听说对方在中世纪信仰方面是货真价实的权威，他还寻觅过对方写的一本讲述卡巴拉和浮士德传说的绝版小册子，因友人凭记忆引用过其中内容。

苏伊丹之所以成为"案件"的当事人，是因仅存的几房远亲向法庭申请评估他的精神状况。外界觉得事发突然，实已经历长期观察和悲伤的争执。亲戚们给出的主要理由是苏伊丹言谈举止的古怪变化：他经常毫无根据地谈论即将降临的奇迹，又不可理喻地频频造访布鲁克林一些声名狼藉的区域；他这些年变得越来越邋遢，如今几乎跟街上的乞丐没两样；他时而逡巡于地铁站内或市政厅周围的长凳旁，跟皮肤黝黑、面相不善的陌生团伙攀谈，让目睹的朋友们十分为难；他一开口就唠叨自己即将得到无穷的力量，还露出高深莫测的神情重复某些诡秘的名字或词组，诸如"赛菲罗斯""阿斯摩太""撒母耳"等。在案件审理过程中，人们更发现他花光收入、散尽家财，用于购买来自伦敦和巴黎的奇怪典籍，并维护一栋位于红钩街区的带地下室的肮脏公寓——他几乎夜夜在其中度过，接待外国佬和无赖汉的奇怪团体，在掩人耳目的绿色百叶窗后举行仪式。负责跟踪的私家侦探们报告说这些夜间仪式伴随着奇怪的叫喊、吟唱和蹦来跳去的脚步声。糜烂的红钩街区不乏奇特的狂欢，但这些仪式的参与者十足的放纵与投入还是让侦探们不寒而栗。不过到头来，苏伊丹在听证会上设法开脱了自己，他在法官面前表现得彬彬有礼、思维清晰，大大方方地承认此前的奇怪举止和荒唐言辞，并将其归咎为对学习和研究过分投入。他自辩一心钻研欧洲传统的某些枝节，需要密切接触外国群体，感受对方的歌谣和民族舞蹈，其中显然不存在亲戚们异想天开的、恶意压榨他的秘密社团，这种说法本身便暴露了他们可悲的偏见，对他和他的工作存在严重误解。他依靠这番冷静的说辞赢得官司，全身而退，而苏伊丹家族、科尔莱亚家族和范布伦特家族雇用的侦探们只能悻悻撤诉。

但也正从这时起，联邦调查员和警方联手介入，马龙亦因之参与进来。执法机关从前只是饶有兴趣地旁观苏伊丹一案，并在诸多场合为私家侦探提供方便，现在看来，苏伊丹苦心经营的人际网包括红钩街区的曲折巷弄里最心狠手辣、臭名远扬的恶棍，其中至少三分之一是盗窃、扰乱治安或非法偷渡等重罪的惯犯。毫不夸张地说，老学者的交际圈与最凶恶的黑帮组织高度重合，而黑帮正将被埃利斯岛明智地遣返的亚洲佬，那些不知名姓、无法归类的渣滓偷运上岸。苏伊丹租用的公寓位于人满为患的帕克路贫民窟——此地事后改了名字——该区域正好演变为上述长着眯眯眼的可疑人种的奇特聚居地，那些人使用阿拉伯字母，却遭到云集于大西洋大道内外的叙利亚人的强力排斥。作为非法移民，他们合该被驱逐出境，但执法机关行动迟缓，若非舆论压力，没人愿意深入红钩街区。

亚洲佬每周三都聚在一座摇摇欲坠的石头教堂里跳舞，那教堂有哥特式扶壁，靠近水滨最卑劣的地段。它名义上属于天主教，但全布鲁克林的牧师都不予承认，而警方监听过那里晚上发出的噪声后深表同意。不过，其他警员是被伴随舞蹈的尖叫和鼓点吓得战战兢兢，马龙却听到平素黑灯瞎火、空无一人的教堂传出令人胆寒的低沉杂音，仿佛来自地底深处隐藏的风琴。苏伊丹接受询问时推断那是混入了西藏萨满教成分的聂斯托利派基督教仪式，绝大多数参与者为蒙古人种，可能来自库尔德及其周边地区——马龙不禁想起库尔德是雅兹迪部落的土地，那些部落为波斯恶魔崇拜者的最后残余。无论如何，针对苏伊丹的调查揭露了非法移民正潮水般涌入红钩街区这一事实，借助缉私官员和港口警察都鞭长莫及的海上偷渡集团，他们占据了帕克路，正迅速往山丘上扩张，并得到鱼龙混杂的本地团伙的古怪欢迎。矮胖的身材、招牌式的眯眯眼和艳俗的美式服装形成怪诞组合，亚洲佬在市政厅周围的闲人和流氓中的占比越来越高，终于到了不得不重视的程度。统计实际人数，调查来源与职业，寻找纠合遣送移民当局的办法——政府和警署一致认可由马龙来担此重任。当他深入红钩街区展开调查时，自觉行走在不可名状的梦魇边缘，万恶之源则是不修边幅、胡子拉碴的罗伯特·苏伊丹。

（四）

警方的调查手段丰富而巧妙，马龙通过漫不经心的散步、看似随意的交谈、从后裤兜恰到好处掏出的酒瓶及对受惊嫌犯义正词严的讯问，对这场风波的险恶本质有了初步了解。不速之客的确是库尔德人，他们操着晦暗难解的方言，其中少部分人愿意来码头做工或随地摆摊，平时还去希腊餐馆打工或看管街角的报刊亭，但大部分人没有明确收入来源，显然勾连着地下生意——走私和私自酿酒堪称其中最肤浅的罪行。他们是搭不定期货船来纽约的，在无月之夜偷偷换乘藏在某个码头的小艇，沿隐蔽的水道前往某栋房子地下的秘密水池，由此达成偷渡。但马龙不知道码头、水道和房子的具体位置，告密者也一头雾水——况且最厉害的翻译也无法完全理解那种方言——他同样弄不清的是输入这批人的真实目的。他们绝口不提始发地，亦不肯透露负责引导的中间人，事实上，追问来由会让他们惊恐万状。本地团伙对此也三缄其口，能问出的仅是某个神祇或大祭司承诺赐予他们闻所未闻的力量、超凡脱俗的荣耀以及陌生土地的统治权。

这批外来者和本地团伙都是苏伊丹严格保密的夜间集会的常客，警方很快还查出这位昔日的隐士为招待知道他暗号的客人加租了房子——他总共弄到三套房子来庇护古怪的伙伴。与此同时，他留在弗莱布许老宅的时间越来越少，回家只为取书还书，而他的表情和举止变得越发癫狂，令人望而却步。马龙见了他两次，两次都被粗暴地赶走。苏伊丹声称自己不清楚任何神秘阴谋或活动，亦不知库尔德人偷渡的方法与目的，唯愿不被打扰地继续研究红钩街区外来移民的风俗，而警察无权干涉他的工作。马龙称赞那本关于卡巴拉及其他神话的小册子也只换得老人态度片刻的软化，后者仍深感冒犯，毫不留情地拒绝深入交流。马龙只好懊恼地罢手，转向其他渠道。

继续彻查会有何发现，我们不得而知，因市政当局与联邦在接下来数月再度发生愚蠢的内耗，调查因而搁置下来。马龙接手了其他案件，但对本案仍耿耿于怀，并困惑于罗伯特·苏伊丹的变化——就在绑架与失踪案席卷纽约的当口，这位不修边幅的学者适时改头换面，着实让人讶异又难以置信。某日，他在市政厅附近出现时破天荒地刮了胡子、理过头发，穿得高雅整洁。从那以后，他每天都有微小的转变，不但打扮保持一丝不苟，而且目光变得矍铄、声音越发洪亮，乃至素来臃肿肥胖的身材都日渐消瘦。越来越多的人认为他驻龄有方、容光焕发、步履轻盈、动作灵活，头发也神奇地——而不像是染成的——返黑了。又数月后，苏伊丹的穿着越发新潮，还重新装修了弗莱布什的宅邸，让新近结交的朋友们倍感惊讶。他举办了几次宴会，邀来所有能记起的熟人，乃至引人注目地特别请到不久前还想限制他自由的亲戚。来宾们有的是出于好奇，有的是为了履行责任，但所有人都被昔日的隐士如今表现出的温文尔雅和周全礼数所打动。苏伊丹当众宣布自己完成了此前设定的大部分工作，近来又从某位几乎被遗忘的欧洲朋友那里继承到一些财产，余生打算在精心照顾下衣食无忧地度过，安享愉快的第二春。的确，他前往红钩街区的次数越来越少，参加本地社交越来越多。警方也发现地下团伙把一些聚会从帕克路公寓的地下室改到老石头教堂的"舞厅"举行，不过那所公寓及其他租屋仍挤满了流民渣滓。

紧接着发生了两件互不相干，却与本案联系密切的事，引起了马龙的兴趣。首先，《鹰报》低调刊登了罗伯特·苏伊丹与贝赛街区的科妮莉亚·格里森小姐的订婚启事，这位年轻小姐出身上流，与年老的未婚夫略有亲戚关系；其次，有人在教堂的"舞厅"内，透过地下室窗口瞥见了某个被绑架的孩子，警方随即展开搜捕。马龙亲自参与行动，仔细调查教堂，尽管扑了个空——警察赶到时已人去楼空——但这位敏感的凯尔特人还是隐约感到教堂内部的诸多异样。那些绘有粗糙图画的镶板令人生厌，画面上的神圣面孔挂着极为世俗化的嘲讽表情，即便以普通信众的眼光亦能察觉到不妥之处。他也不喜欢题写在布道坛上方墙体上的希腊语铭文——他在都柏林大学就读时偶然见过这段古老咒语，其字面意义为：

暗夜之友，暗夜之伴，

群狗吠叫，鲜血盈满，

见之狂喜，极乐之源，

徘徊游荡，墓穴之间；

以鲜血止饥渴，散怖惧于凡尘，

格果，摩耳摩，千面之月，

呜呼快哉，伏惟尚飨。

这段咒语令马龙浑身战栗，教他联想起某些夜里，教堂地底隐约传出的低沉杂乱的风琴声。事实上，祭坛上那个金属盆边缘的斑斑锈迹，以及不知从附近何处飘来的恶心怪味都让人紧张不安，但他最在意的还是记忆中的风琴声，于是离开前又格外仔细地再度搜查了地下室。教堂固然可憎，但亵神的镶板和铭文究竟是无知者的儿戏之作，还是别有深意呢？

苏伊丹成婚前夕，绑架案愈演愈烈，时常见诸报端。纵然受害者多为底层儿童，但数量之多还是引发了公众的愤慨。各报刊都极力呼吁警方采取行动，于是巴特勒街警署再度进入红钩街区搜集线索和证据，抓捕罪犯。马龙乐于投入行动，深感快慰地搜查了苏伊丹在帕克路租下的其中一套房子——据说房内曾传出尖叫，警方还在地下通道捡到红色的带子，但没发现失踪孩童。不过大多数房间斑驳脱皮的墙体涂有绘画或潦草题词，阁楼还被布置成简陋的化学实验室，这些发现让警探确信自己掌握了某个大案的蛛丝马迹。墙上的绘画着实骇人，那是大小不同、形状各异的恐怖怪物，以及拙劣地模仿着人类的、难以名状的怪胎。题词则以红色颜料写就，所用语言包括阿拉伯语、希腊语、拉丁语和希伯来语，马龙能读懂的不多，但足以辨出其中蕴含不祥的卡巴拉思想。某段希伯来化的希腊语格言频频出现，很可能是亚历山大帝国没落时期最可怕的召魔颂词：

全能·以罗·救主·至高·万军·上帝·
大能·自有·神迹·权柄·不朽·雅威·
即称·上主·大地·圣子·受膏·是吾。

圆圈与五芒星随处可见，确凿无疑地展示出盘踞此地的渣滓们拥有怪异的信仰与愿景，最打眼的又数地窖里那堆以麻布随意盖住的沉重金锭，刻在其闪光表面的怪异象形文字亦在墙体上出现。搜查期间，那些长着眯眯眼的东方人从各个门口蜂拥而出，消极地抵抗执法，最终警方没找到绑架案的相关线索，只好鸣金收兵。片区队长另给苏伊丹出了份告示，提醒他如今民怨沸腾，须格外注意租客和门客的品行。

（五）

婚礼在 6 月如期举行，气氛极为热烈。正午时分的弗莱布许喜气洋洋，插着三角旗的车子把古老的荷兰教堂附近的街道停得满满当当，教堂门口的天棚一直支到了大马路上。苏伊丹与格里森结婚现场的规模和气派在当地史无前例，而护送新婚夫妇前往丘纳德公司码头的队伍即便算不上最风光，也足以在名流簿上留下浓墨重彩的篇章。下午五点，人们挥手作别，笨重的班轮驶离长码头，慢慢将船首掉转向大海，抛下拖船，进入开阔水域，准备航往奇妙的旧大陆。入夜后，外港已然清空，迟到的乘客们只见群星的光辉在空旷的海面上闪烁。

时至今日，谁也说不清是惨叫先惊扰众人，还是那艘不定期货船先闯入航线——两者也许同时发生，追究已无意义。惨叫出自苏伊丹的包厢，那个一马当先破门而入的倒霉水手目睹了何等恐怖之物？我们永远无法知晓，因他当场就疯了，不但叫得比受害者更夸张，还傻笑着在船上乱跑，直至被镣铐铐住。随船医生随后进入包厢并开灯查看，他没发疯，但对所见闭口不言，直到后来与在契佩奇特疗养的马龙通信时才打开话匣。包厢内发生了谋杀——准确地说是扼杀——但毫无疑问，苏伊丹夫人脖子上的爪痕，以及白墙上那段由可憎的红色液体短暂组成的文字都不可能出自新婚丈夫或其他人类。医生回忆时声称，那段文字很像传说中可怕的迦勒底语名词"莉莉丝"，后来没人提起，是因它们很快就看不清了。至于苏伊丹的状况，医生决定先把其他人闩在门外，待自己回过神再作打算。他对马龙明确表示没发现别的"东西"，开灯前敞开的舷窗仿佛闪过一片磷光，呼应着外面夜色中似有若无、阴森瘆人的吃吃窃笑，但他并未看到确切的轮廓，或许正因如此才能保全理智。

那艘不定期货船有了行动，它放出小艇，一群身穿制服、皮肤黝黑的凶恶粗汉挤上丘纳德公司临时停靠的班轮，索要苏伊丹或其尸首。他们对老学者的航程了如指掌，且几乎确定他已一命呜呼。船长室内因此陷入混乱，前有医生的房间报告，后有货船方面的强烈要求，恐怕最睿智勇敢的海员也左右为难。货船来客的头目是个长着可憎的黑人嘴唇的阿拉伯人，他取出一张脏兮兮、皱巴巴的字条递给船长，字条上有罗伯特·苏伊丹的亲笔签名和一段诡异文字：

若我遭遇突发或难解的变故，无论身亡与否，请将我或我的尸体无条件地转交此文件的持有者及其同伴。我的一切——乃至你们的一切——都取决于能否绝对配合。日后自有解释，现下请勿违背，切切。

罗伯特·苏伊丹

船长和医生面面相觑，后者轻声劝说前者，两人最终无奈地点头，决定领那帮怪人前往苏伊丹的包厢。开门时，医生先示意船长移开目光，随后让对方进去。那帮家伙在包厢内逗留得异常之久，等他们终于抬着东西鱼贯而出，医生才松了一口气。被抬走的东西裹在从铺位扯下的床单里，医生很庆幸其原本的轮廓没有很清晰地暴露出来，怪人们设法将其抬过船舷，顺利运回货船。丘纳德公司的班轮重新起航后，医生和船上的殡仪员回到苏伊丹的包厢，试图在力所能及的范围内为死者安排后事，结果又撞见令医生不得不保持沉默，乃至撒谎掩盖的可怕变化。殡仪员质问他为何放干苏伊丹夫人的血，他不置可否，也没指明架上的酒瓶全没了，而从水槽里的味道判断，瓶内的液体曾被匆忙倒掉。要知道，那帮怪人离开时——如果他们真是人的话——口袋可塞得满满当当的。

两个小时后，外界通过无线电知晓了这起恐怖事件可以公之于众的部分。

（六）

　　但在那个 6 月的夜晚，马龙深入红钩街区的小巷忙得不可开交，并未听到海上的消息。整个街区似乎突然受了刺激，在某些非同凡响的"小道消息"鼓舞下，居民们期冀地围住了被当作舞厅的教堂和帕克路那几所带地下室的房子。近来又有三个蓝眼睛的挪威小孩失踪，全部来自通往郭瓦纳斯街区的那片街道，传言占据那片街道的强壮的维京人不肯善罢甘休。

　　马龙一连数周力促进行大清剿，但警方最终下定决心并非源于这位都柏林梦想家的推论，而是常识与形势使然，直接导火索则是红钩街区当晚的骚乱和邪教活动。大约午夜时分，从三个警署抽调人手组成的突击队抵达帕克路及其周边地带，他们逮捕游荡的无赖，又破门而入，从点着蜡烛的屋子里赶出一群群穿花袍、戴法冠或作其他各式费解打扮的外国佬。相关证物在混乱中大都不知所终，有的被慌忙投入警方意料之外的竖井里，但其散发的味道并不能被突然点燃的刺鼻熏香完全掩盖。屋内只留下四溅的血迹，马龙看到仍在冒烟的火盆或祭坛不禁浑身发抖。

　　他有好多地方想立刻去查，但听报信的说被用作舞厅的破败教堂没什么发现，便决定前往苏伊丹最初弄到的那套公寓。苦心钻研神秘学的老人多半成了邪教组织的核心和首领，那里应该藏有相关线索——怀着由衷的期待，他仔细搜索公寓内发霉的房间，检查随意散放的古怪典籍、器具、金锭和带玻璃塞的瓶子，并注意到一股隐约的尸臭。一只黑白相间的瘦猫突然钻过脚边，绊了他一下，还打翻了装有半杯红色液体的烧杯。此事为何令他如此心悸，至今仍无法确定，但他总能在梦中目睹那只猫逃走时变成骇人的怪物。他来到锁住的地窖前，正琢磨时，发现旁边有个沉重的凳子，结实的底座足够对付年代久远的门板。他抄起凳子就砸，门板果然被砸出裂缝……窟窿……最终敞开——但不是从这头，而是从里面开启的。凛冽寒风喷涌而出，裹挟着无底深渊的恶臭，一股既不属于天堂亦不属于人间的强烈吸力如有知觉般缠住了呆若木鸡的警探，把他拽下洞口，拽入下方空旷无垠，充斥着低语、哀号和阵阵嘲笑的空间。

医生们异口同声地断言接下来发生的是一场梦，他无法亦无力反驳。真是场梦倒好，如此一来，老旧的贫民窟砖房和黝黑的外国佬面孔就不能深深地侵蚀灵魂了，只可惜真实而可怖的记忆时常浮现眼前，怎样都无法抹消：漆黑的地窖、高耸的拱廊、半成形的地狱轮廓……那些巨物无声地四下徘徊，攫住尚未吃完的食物，奄奄一息的牺牲品只能不断尖叫求饶或疯狂错乱地大笑。薰香和腐臭令人作呕地交融混合，乌云般若隐若现，没有固定形体却长着眼睛的元素灵搅动了漆黑的空气。黏腻的黑水拍打在缟玛瑙砌制的码头上，毛骨悚然的沙哑铃声突然响起，呼应着一只磷光闪闪的赤裸生物疯癫的吃吃怪笑。那生物游入马龙的视野，爬上岸来，在远处一个满是雕刻的金色基座上蹲下，不怀好意地扫视周围。

　　无尽的暗夜从这里向四面八方辐射，此地仿若瘟疫之源，由此滋生的污秽恶疾来势汹汹，注定会感染城市、吞噬国家。宇宙的原罪降临于此，被亵渎的仪式感召的狞笑死神，意欲把人类腐化为坟墓都不愿容纳的畸形真菌。撒旦在此设立宏伟的王庭，浑身散发磷光的莉莉丝用纯洁儿童的鲜血洗浴脏污的肢体。男女魅魔高声赞美赫卡忒女神，无头怪胎朝丰饶之母呜咽哀告，山羊跟随可憎的尖细笛声欢跃，羊神在宛如扭曲蟾蜍的岩石上无休止地追逐畸形的羊怪，摩洛和阿斯塔罗特也没有缺席。在这汇聚一切诅咒的地方，意识的边界逐渐崩塌，彻底开放的想象力让人得以窥见邪恶所能塑造的每种惊悚与禁忌。毫无疑问，倘若握有致命钥匙的智者偶然打开这个魔鬼学识的宝库，肆意张狂的恐怖必将从暗夜之井中汹涌而出，一发不可收拾，世界和自然将束手待毙，信仰与祈祷亦无济于事。

　　一道真实的光线突然穿透重重幻象，马龙在早该消亡的亵神之物们的叫嚣中听到了划桨声。船首挂有灯笼的小艇随即闯入视野，拴在黏滑石码头边的铁环上。艇上下来许多皮肤黝黑的家伙，他们把裹在被单里的长条形物品扛到蹲在雕花金色基座上、磷光闪闪的赤裸生物面前。那生物吃吃笑着挠了挠被单，他们便将其打开，让里面的东西直立起来——那是一具体态肥胖、胡子拉碴、白发蓬松的老年腐尸。发光的生物再次吃吃怪笑，那帮家伙便从口袋里掏出瓶子，将里面红色的液体涂在腐尸的脚上，又递给那生物饮用。

　　此时此刻，自一条幽深的穹顶隧道传出不成调的乐章，亵渎的风琴呼哧作响，带来地狱破碎、低沉、嘲讽的冷笑。演奏刚一开始，所有活动的物体立刻触电般排成仪式队形，然后这支可怕的队伍——山羊、山林之神、羊神、男女魅魔、游魂、扭曲蟾蜍、狗脸吼猴、没有固定形体的元素灵及黑暗中无声阔步的小妖——朝音乐传来的地方缓缓蠕动，带头的便是之前蹲在基座上那只可憎的、发光的赤裸生物，它怀抱着胖老头目光呆滞的尸体，趾高气扬地走在前面。那帮皮肤黝黑的怪人于队尾跳舞助兴，事实上，整支队伍都如同酒神节狂欢般蹦蹦跳跳、东倒西歪。马龙也把持不住自己，头昏脑涨、踉踉跄跄地跟了过去，浑不知身处哪个世界，他试图转身，却无力地倒在冰冷潮湿的石头上，不住喘气发抖。恶魔的风琴继续低沉演奏，那支疯癫队伍的吼声、鼓声和铃声渐渐远去。

他模模糊糊听到远处恐怖的唱诵和骇人的嘶鸣，献祭仪式的号叫或哀诉飘出黑暗的拱廊，最后响起的是他在被用作舞厅的教堂的布道坛上方，曾读到的那段可怕的希腊语咒文：

暗夜之友，暗夜之伴，

群狗吠叫（突如其来的丑恶号啕），鲜血盈满（不可名状的噪音混同病态的尖叫），

见之狂喜，极乐之源，

徘徊游荡，墓穴之间（一声刺耳的叹息）；

以鲜血止饥渴，散怖惧于凡尘（许多喉咙一起发出急促尖锐的呐喊），

格果（应答般重复），摩耳摩（狂喜的重复），千面之

月（叹息和笛声），

　　呜呼快哉，伏惟尚飨。

咒文念完后，群妖齐声嘶吼，几乎淹没了破碎、低沉的风琴声。接着许多喉咙又一起喘着粗气，沸沸扬扬地吠叫、倾诉："莉莉丝，伟哉莉莉丝，吉时良辰飨美眷！"但在此起彼伏的叫嚷和喧嚣中，突然传来清晰而急促的脚步声。有个东西朝马龙跑了过来，警探忙用手肘撑起身体查看。

地窖里的光线此前大幅衰减，这时变得明亮了一些，梦魇般的光晕衬托出一个不可能活动、不可能感知、不可能呼吸的东西——胖老头目光呆滞的腐尸在没有任何支撑的情形下，依靠刚刚结束的仪式所发动的地狱邪术自行奔跑！之前蹲在雕花基座上那只发光的赤裸生物吃吃怪笑着追赶它，皮肤黝黑的怪人和所有丑恶可憎的妖怪气喘吁吁地跟在后面。尸体就要被追上了，但它把所有心思都放在达到目的上——它绷紧每一寸腐烂的肌肉冲向雕花金色基座，那东西显然有重大的巫术意义。眼见它即将成功，一众妖魔不由得拼命加速，可惜为时已晚，尸体拼着肌腱断裂爆发出最后一丝力气，不惜让恶臭的身躯崩解成胶状物沿地面滑了过去。这具生前名为罗伯特·苏伊丹的眼睛圆睁的尸体成功达到了目的，尽管自身化为一摊腐败烂泥，但撞击产生的巨大冲击力让沉重的基座摇摇晃晃摆脱了缟玛瑙的地基，跌入下方黏腻的黑水中。金色的雕刻仿如告别般闪烁了一瞬，旋即被拽入冥界下层人类梦不见的深渊，马龙眼前的恐怖景象亦顿时烟消云散。伴随一阵雷鸣般的巨响，邪恶的宇宙分崩离析，他就此晕了过去。

（七）

马龙经历这场梦时，并不知苏伊丹已死，尸体又在海上被人带走，这为他的口述平添了一丝诡异的真实性，但仍不足以令人采信。帕克路的三套老房子本为年久失修、结构腐朽的危房，然而此次毫无征兆地突然倒塌，还是使得留在里面的半数警察和大部分俘虏伤亡惨重，唯有身处地下室和地窖的人员幸免于难。马龙是幸运儿的一员，他位于罗伯特·苏伊丹的公寓下方深处，这点没人能否认——人们在漆黑的水池边找到昏迷的他，几尺外有一摊怪诞可怕的腐肉和骨头，根据牙齿辨认属于苏伊丹。案件于是真相大白，这里便是偷渡者的地下水道连通之处，那帮家伙从班轮上带走苏伊丹的尸体并将其送回家中，随后销声匿迹——只有随船医生对这简要的结论不太满意。

苏伊丹显然是这个大型偷渡团伙的首领，通向他公寓的水道是红钩街区地下水道和运河体系的组成部分。这所公寓下面甚至有一条隧道通往被用作舞厅的教堂的秘密地窖，除开这条隧道，只有教堂北墙根下极其狭窄的秘道方能进入那个地窖。警方在地窖里有许多异常可怕的发现，譬如那把奏出低沉杂音的风琴，以及一间颇为宽敞、摆设有木头长凳的拱顶礼拜堂，堂上的祭坛绘有极古怪的图画……最让人胆寒的则是沿墙排列的十七个单人小隔间，被链条锁在里面的囚犯统统成了痴呆。其中四名母亲哺育着外貌令人惶惑不安的婴儿，不过这些婴儿暴露在天光下没多久就死了，医生们反倒觉得是种解脱。可惜除开马龙，搜查人员谁都想不到老德尔里奥用拉丁文提出的那个严肃问题（那问题大意为："恶魔魅魔，孰可道焉？凡胎异类，其命何从？"）。

那些水道被填堵前经过仔细打捞，清出了无数大小各异，或被锯断或被劈开的骨头。这显然就是绑架潮受害者们的最终下落，无奈从法律上来讲，仅有两名幸存的嫌犯能被证明牵涉其中，甚至连这两人也无法判定曾协助行凶，只能羁押作罢。马龙反复提到具有核心信仰价值的金色雕花基座或王座，可它仅仅存在于他的口述中——苏伊丹的公寓下方的水道通往一口深不见底、无法打捞的竖井，上头盖起新的房屋和地下室时，井口被堵住又砌上水泥，继续纠结的便只剩马龙一个。警方满足于粉碎狂信徒和偷渡者的危险团伙，将未予定罪的大批库尔德人移交联邦当局发落，这批人被证实属于崇拜恶魔的雅迪兹部落，随即尽数驱逐出境。那艘不定期货船及其船员的下落仍是未解之谜，但老于世故的警探们已把注意力转移到对抗走私和偷运朗姆酒上去了。马龙觉得他们真是眼界狭窄的井底之蛙，种种不可思议的细节和晦涩诱人的暗示竟不能激发刨根问底的欲望。报纸的着眼点则在渲染猎奇场面，并得意扬扬地吹嘘如何破获小小的虐待狂教团案件，无视其背后或许源自宇宙深处的恐怖，马龙同样嗤之以鼻。他很欣慰能在契佩奇特安静疗养、放松神经，但愿时间能渐渐淡化历历在目的可怕经历，把它转变成略带实感的神话般的遥想。

罗伯特·苏伊丹与他的新娘一起葬在绿林公墓。没人替那堆诡异的骨骸举行葬礼，亲戚们为本案被大众迅速遗忘而松了口气。老学者与红钩街区恐怖事件之间的关联将永远得不到法律证明，死亡让他逃过了必然的侦讯。他本人的结局亦无人谈论，苏伊丹家族希望后代把他视为一位和蔼的隐士，曾在无伤大雅的魔法和民间传说领域做过浅尝辄止的研究。

至于红钩街区……它还是老样子，苏伊丹来了又去，恐怖的邪教聚集又消散，但黑暗与污秽滋生的恶灵依然掌控着那些麇集于老旧砖房中的混血儿，心怀叵测的团伙依然会干出种种外界无从知晓的行径，窗边的灯光和扭曲面孔也依然会莫名地显现和消失。由来已久的恐怖是不死的千头蛇怪，信奉黑暗的教团那亵渎的根源比德谟克利特的虚空之井更深邃，野兽的灵魂无处不在、耀武扬威。那些目光呆滞、满脸痘疤的年轻人依旧在红钩街区吟唱、诅咒和号叫，列队从一个深渊走向另一个深渊，不知来处亦不知去处，被自己永远无法理解的生物规律所盲目驱使。进入红钩街区的人也依旧比离开的多，传言还说地下立刻挖通了前往某些中心枢纽的新水道，运送酒精和较少见的其他物品。

曾被当作舞厅的教堂快要成为真正的舞厅，晚间的窗边每每映出奇怪的面孔。近来又有警察相信被填堵的地窖遭人掘开，个中原因大有蹊跷。我们对付的恐怖到底是什么？它毒害世界比人类和人类已知的历史更久远，亚洲的猿猴曾为它翩翩起舞，如今安然潜伏的毒瘤又将由麇集在腐朽砖房中的渣滓四处传播。

马龙的担忧并非毫无依据。不久前，一名警察无意中听见一个皮肤黝黑、长着眯眯眼的老妪在昏暗甬道里教小孩说方言，那番话十分怪异，只听老妪一遍又一遍地低声重复道：

暗夜之友，暗夜之伴，

群狗吠叫，鲜血盈满，

见之狂喜，极乐之源，

徘徊游荡，墓穴之间；

以鲜血止饥渴，散怖惧于凡尘，

格果，摩耳摩，千面之月，

呜呼快哉，伏惟尚飨。

H.P. 洛夫克拉夫特 著

冷气

你问我为何连一丁点儿冷气都受不了，为何进入凉飕飕的房间比别人抖得厉害，为何傍晚的寒意渗入温暖的秋日时会如此憎恶与反感？不错，有人形容我接触冷气就像闻到恶臭一样，对此我并不否认，听完这桩亲身经历的恐怖至极的事件，想必你对我的怪癖自有评判。

恐怖事件并非必然与黑暗、死寂、孤独相关联，此事发生在阳光灿烂的下午，繁华的大都会中脏兮兮的出租公寓里，我身边还有一位乏味的女房东和两个壮汉。

1923 年春，我在纽约找了份枯燥无聊、薪水微薄的杂志工作。由于囊中羞涩，我不得不辗转于廉价寓所，试图找到干净整洁、家具堪用又价格合理的房子。事态很快演变到矬子里头拔高个的地步，最终，我在西十四街寻到一个稍微过得去的地方。

那是一栋四层楼的褐色砂石宅邸，落成时间能追溯到 19 世纪 40 年代后期，它有美好的木制品和大理石装饰，虽然污渍斑斑、破破烂烂，却也能说明昔日的高尚品位。房间宽敞通风，贴有俗气的壁纸，还有华丽到荒唐的灰泥檐板，只是弥漫着浓重的霉臭和一丝隐晦的厨余味道。不过对我来说，重要的是地板还算干净、床品更换频繁以及热水不会经常变冷乃至断供，姑且于此容身避寒，慢慢寻找真正有生活品质的处所也不赖。房东埃雷罗是个超级邋遢的西班牙女人，面部汗毛浓密得像长了胡子，但她不会跟我家长里短地瞎唠嗑，也不会抱怨我在下榻的三楼前厅把灯开到深夜；租客们也很理想地沉默而不善交际，他们大多亦是西班牙裔，一帮子文盲老粗。说起来，只有楼下马路的喧嚣车流惹人厌烦。

入住三周后，怪事首度发生。那日晚八点左右，地板传来液体滴溅声，空气中陡然出现氨水的刺鼻味道。我四处查看，发现已被浸透的天花板正往下滴着液体，而渗漏显然是从临街的角落蔓延开的。为从源头解决问题，我连忙跑到地下室告知女房东，她向我保证此事不难解决。

"穆尼奥斯医僧，"她边喊边抢在我前面冲上楼梯，"他的化学水水又漏粗来老。他是个得病的医僧，总深病又不肯喊人帮忙。他的病非藏怪，每天都必须在蓝闻的水里泡澡，点都不能激动也不能太卵和。他各人打扫房间，有个小房间里头塞闷老瓶瓶仪器。他现在不干医僧的活路老，但过去咧害得很——我爸在巴塞罗那都听嗦过他——莫得好久前，他还给意外受伤的水管工聋好了胳膊。他从不粗门，豆在屋头呆起，等我娃儿埃斯特班送吃的、穿的、唷品和化学品。天老爷哟，他用氯化铵来保葬低温！"

埃雷罗夫人消失在四楼楼梯间，我自行回房。氨水不滴了，我清理过地板又开窗通风，女房东沉重的脚步一直在头顶来来去去，但听不到穆尼奥斯医生的声音——除开某种瓦斯驱动的机械响动。医生的动作如此轻柔文雅，我不禁好奇，他到底忍受着何种病痛？

顽固地拒绝外界帮助又是否出自毫无必要的猜疑？最终，我在心底为这位遭逢不幸的杰出人士奉上陈词滥调般的同情。

若非此后有天上午，我坐在房间写作时突发心脏病，或许无缘结识穆尼奥斯医生。许多医生提醒过病发的危险，采取应对措施刻不容缓，我记起女房东说那位患病的医生帮助过受伤工人，便强撑着上楼，虚弱地敲响位于我住处头顶的房门。门后右边远处传来回应，是个操着流利英语的古怪声音，待我说出名字和来意，我敲击处旁边的另一扇门打开了。

冷气霎时涌出，时值最炎热的 6 月末，我进门时却打了个寒战。门内空间很大，摆设在这肮脏破旧的地界显得出奇地堂皇与高档：白天充当沙发的折叠躺椅、红木家具、奢华的幔帐、古董画作以及塞得满满当当的书架。与其说这是公寓卧室，不如说是绅士的书房，而位于我住处正上方的堂屋——也就是埃雷罗夫人所谓塞满瓶子和仪器的"小房间"——乃是作为实验室使用的。医生的起居都在这与之毗邻的大书房，这里不但有几处实用的壁龛，还连接着大型浴室，方便存放贴身衣服和某些扎眼的实用物品。总之，就住所而言，穆尼奥斯医生确属出身高贵、温文尔雅且富有品位的绅士。

至于外貌，他身材矮小但不失匀称，穿着裁剪完美的正装，那张血统纯正的脸庞蓄有剪短的铁灰色络腮胡，鹰钩鼻戴着老式夹鼻眼镜，护住一对漆黑的大眼睛——除开那摩尔人的鼻子，他带给外界压倒性的凯尔特人印象，气宇轩昂却不显傲慢。修剪整齐的浓密头发在高耸的前额上优雅地分作两拨，说明他会定期安排理发师，真不愧为才智卓越、值得尊敬且教养良好的医生。

　　然而我迎着喷涌的冷气见到他时，心底却悄悄升起一种厌恶，那绝非源于对方的外貌。或许，我是对他铅灰的肤色和冰冷的触碰不满，虽然对一个重病缠身的人来说情有可原；抑或是冷气令我不适，这股大热天里如此反常的冷气，催生了厌恶、排斥和恐惧？

　　所幸不适很快被尊敬取代，素未谋面的医生那双毫无血色的手固然冰寒又颤抖，高超的医术却彰显无余。他一眼就明白我的需求，随即以娴熟的专业手法开始处置，还用优雅的语调安抚我——尽管嗓音奇怪地空洞呆板——自称是死神不共戴天的仇敌，毕生致力于一项根除死亡的艰苦实验，为此不但耗尽财富，还失去所有朋友。他心中似乎充斥着善意的狂热，为我进行胸腔听诊及从较小的实验室拿来试剂调配药水时，话多得有些啰唆。当然，在这醒醒醒地界想必很难接触到我这等出身的正派人，他情难自禁地回想起过去的好时光，以致把持不住话匣子也在所难免。

　　他奇怪的嗓音让人安心，唯有一点例外——从头到尾，在彬彬有礼的长篇大论中，我完全没听见他喘气。他用讲解理论和实验来分散我对病痛的关注，还巧妙地安慰说，纵使我心脏羸弱，但意志和意识远比肉体重要，健康的身躯只要得到妥善照管，即使后来出现最严重的损伤、缺陷乃至特定器官停止工作，亦可通过科学的强化方法来保证神经系统的活性。他半开玩笑地提议找时间教我不靠心脏活下去的办法——至少以某种方式维持意识！至于他本人所患的复杂并发症，需要极为精细的理疗，包括保持低温，长期显著升温则会危及生命——四楼寓所依靠氨水吸收式制冷机维持 55~56 华氏度的低温，我在楼下时而听到的便是瓦斯泵机工作的声音。

我的症状奇迹般得到迅速缓解，离开那个寒气袭人的屋子时，我心中洋溢着对才华横溢的隐士的信服与崇拜。此后我便经常披上厚衣服去拜访他，听他讲述各种秘密研究及其引发的近乎惊悚的后果，还微微颤抖着翻阅书架上那些极为古老又离经叛道的书。最终，在他高超医术的照料下，我的心脏病几乎得以根治。

穆尼奥斯医生对中世纪学者的咒语似乎不抱偏见，他认为那些神秘的咒式蕴含着难得的精神影响力，可显著刺激生理脉搏消失后的神经机体。我颇为感动地听他回忆十八年前初染大病、身体开始失序时，瓦伦西亚的托雷斯老医生如何与他共同进行早期实验。高尚的托雷斯医生拯救了同僚，自己却没能抵挡可怕的死神——这或许是治疗实验的压力所致，穆尼奥斯医生轻声细语地暗示，但不曾讲清细节。由于当初采用的方法太极端，保守的老医生或许难以承受某些场面与程序。

日子就这样一周周过去，我不无遗憾地察觉到，诚如埃雷罗夫人所言，我这位新朋友的身体正以肉眼可见的速度持续衰羽下去。他脸上的铅灰色不断加深，声音越发空洞模糊，肌肉动作的协调性逐步降低，头脑则不但精力涣散、亦不及原来灵敏。他自己也注意到这些悲伤的改变，于是话语和态度中不声不响地掺杂了阴郁的讽刺，这让我心中重新升起初见面时那种微妙的厌恶。

他突发奇想地喜欢上异国香料和埃及熏香，弄得屋子闻起来就像帝王谷的法老墓穴；他对冷气的需求越来越强，在我的帮助下扩大了室内供氨管道，改良了制冷的泵机，以求达到 34 至 40 华氏度的低温，后来甚至低到 28 华氏度——只有浴室和实验室没那么冷，否则水会结冰，化学反应也无法进行。同楼层的其他租客开始抱怨冷气会从相连的门缝扩散，为解决这个问题，我又帮他安装了沉重的门帘。他似乎处于古怪、病态和日益增长的忧惧之中，没完没了地谈论死亡，但话题一旦稍微涉及墓地或葬礼，又会空洞地哈哈大笑。

虽然穆尼奥斯医生成了这样一个让人惴惴不安乃至有些害怕的伙伴，但出于对他妙手回春的感激，我不放心把他丢给周围的陌生人，始终仔细地为他打扫房间，满足他每日需求——为做这些杂务，我特地给自己买了件阿尔斯特大衣。我也替他购物，并对应他要求从药商处和实验药品店弄来的某些化学品咂舌不已。

医生的房间周围似乎被难以解释但不断加深的恐慌笼罩着。正如我最初提到的，整栋楼原本弥漫着霉臭，可医生那几间屋子尽管撒了香料、焚过香，医生本人也越来越频繁地用刺鼻的化学品泡澡——他始终拒绝旁人协助——传出的味道仍是最糟糕的。我认为这必与怪病的成因有关，想来每每心头发毛。埃雷罗夫人一看到医生就在胸口画十字，她完全撒手，把他甩给我照顾，甚至不让儿子埃斯特班继续替他跑腿，而我若提议请别的医生上门，这位重病缠身的医生又必会以能克制住的最大程度表达愤怒——他显然害怕暴躁情绪影响身体，却无法完全掌控情绪，也不安于在床上待着。前段日子的倦怠让位于愈加执拗的决心，死神这个老对手多半已逼得他走投无路，但他依旧不肯屈服。他甚至放弃了此前礼节性质大于实际意义的古怪的进食习惯，全凭精神力量来阻止自己倒下。

他坚持书写长篇文献，写完即予封存，并嘱托我在他去世后交给指定人士——那些人大多在东印度，但有一位是公认已故的著名法国医生，围绕此人有诸多极端诡异的传言。不管怎样，这些文件事后我看都没看就统统烧了。

穆尼奥斯医生的样貌和声音后来变得如此可怕，几乎没人能忍受他的存在。9 月某日，赶来修理台灯的工人不经意间瞥了医生一眼，立刻触发癫痫症状，而医生虽然治好了他，但没再露面。说来也怪，那工人完整经历过可怕的世界大战，从未吓得如此魂不附体。

10 月中旬，一场教人目瞪口呆的意外引发了致命后果。那天夜里十一点左右，泵机出现故障，三小时后停止了制冷。穆尼奥斯医生敲击地板召我上去，在我拼命修理时用毫无生机的语调破口大骂，空洞的嗓音叫嚣着难以复述的污言秽语。然而我在机械方面毕竟是个半吊子，从邻近的通宵车行请来的技工则说必须更换活塞，也就是说，明早商铺开门前我们无计可施。听罢此言，奄奄一息的隐士似乎再也无法控制愤怒与恐惧，他不断衰败的肉体也受到最沉重的打击———阵抽搐后，他双手捂眼冲进了浴室，等他摸索着出来时脸上已裹紧绷带，而我再没见过他的眼睛。

室内冷气正以可感知的速度消散。凌晨 5 点，医生躲进浴室，命我用尽一切办法去通宵药房和自助餐厅索要冰块。这种尝试屡屡碰壁，而每当我将辛苦所获放在紧闭的浴室门口，总能听见里面不绝于耳的泼溅声，以及粗重嘶哑的嗓音发出"还要——还要！"的要求。好一番折腾以后，温暖的白昼终于到来，商铺纷纷开门营业，我请求埃斯特班在我购置活塞期间帮忙搜罗冰块，或在我继续寻找冰块时帮忙购置活塞，做母亲的却授意男孩断然拒绝。

万般无奈之下，我只好雇了个在第八大道拐角撞见的猥琐流浪汉，由他从我介绍的一家小店拿冰块给病人，自己则专心寻找泵用活塞及安装的工人。这是个费时耗力的任务，我饿着肚子、气喘吁吁地打了许多无谓的电话，着急上火地奔来赶去，不停换乘汽车和地铁，当我意识到时间正不留情面地分秒流逝时，脾气几乎变得跟那位隐士一样暴躁。中午，我终于在遥远的商业区寻到一家合适的商铺，并在大约下午 1 点 30 分带着必要的设备和两名强壮能干的技工回到公寓。说实话，我已竭尽全力，只希望一切还来得及。

谁知等待我的却是终极的恐怖。公寓乱作一团，在众人畏怯的交头接耳中，我听到低沉的祈祷。空中弥漫着噩梦般的气味，租客们飞速捻动念珠，控诉着从医生紧闭的房门下渗出的恶臭。据说我雇的流浪汉刚送来第二趟冰，就目光狂乱、大喊大叫地逃了出来——看来过剩的好奇心让他看到了不该看的东西，但他当然不记得锁门，门只能是里面的人后来锁上的。此时此刻，除开某种浓稠液体缓缓流动的难以名状的声音，医生的房间一片沉寂。

跟埃雷罗夫人及两名工人简单商议之后，我强压下啃噬灵魂深处的莫名恐惧，建议破门而入，好歹女房东用铁丝在外面撬开了门锁。我们匆忙打开该楼层的所有房门，将所有窗户也开到极致，这才用手帕捂紧鼻子，战战兢兢地闯进午后温暖的阳光下那被诅咒的南屋。

深色的黏稠痕迹从打开的浴室门延伸到大门口，又折回桌旁，在那里积了一小摊可怕的液体。桌上有一张沾满污迹的纸，仿佛有个瞎子曾拿铅笔胡乱涂写，最后几个字简直像爪子划上去的。黏稠痕迹又自桌边延伸到躺椅旁，并于此彻底消失。

那张躺椅上曾有什么，或者说残留着什么，我不敢也不能在此透露。当女房东和两名技工发疯般奔出那人间地狱，去最近的警察局语无伦次地报告时，当我划开火柴、胆战心惊地烧掉那张黏黏糊糊的纸张时，我颤抖的内心已有了答案。金黄色阳光照进房间，楼下拥挤的十四街车水马龙、喧哗不息，与之相比，那些令人作呕的字句显得如此荒唐，但我依然接受了它们。至于现在，我弄不清自己是否还坚信当初的谜底，最好别做多余推敲，我只是厌恶氨水味，并对突如其来的冷气倍感不适罢了。

"到此为止了，"那张恶臭的纸上潦草地写着，"没有冰了那个人看见我就跑了。每分钟都在升温，组织已无法维系。你应该记得，我讲过器官停止工作后，意志、神经系统和得到妥善照管的身躯仍能运转。这是一套完美的理论，但并非永远有效，我未能料到缓慢腐化产生的问题。托雷斯医生料到了，然而当时的处置吓死了他，他无法忍受自己做过的事——读过我的信后，他把我带去那个黑暗诡异的地方，后来又照顾我恢复。由于器官停止工作，我只能以化学方式来照管身躯——没错，我十八年前就死了。"

H.P. 洛夫克拉夫特 著

蜡像馆惊魂

（一）

　　斯蒂芬·琼斯怀着几许倦怠的好奇心，初次拜访罗杰斯蜡像馆。有人说河对岸南华克街的这家地下展馆大有名堂，馆内展品远比杜莎夫人蜡像馆更恐怖逼真，他便在4月某日不抱希望地漫步前往。结果出乎预料，这里的确有些与众不同、独具特色的东西。琼斯并不稀罕司空见惯的血腥展品——兰杜、克里平医生、德默斯夫人、里齐奥和简·格雷，战争与革命的牺牲者，吉尔斯·德·莱斯或萨德侯爵这类大众魔头——让他心跳加速，直到闭馆铃响也不肯离开的另有其物。它们的作者非同小可，势必拥有极惊人亦极病态的想象力。

　　他很快打听到乔治·罗杰斯的底细。此人曾在杜莎夫人馆工作，又因惹出麻烦而自立门户。外界对此人精神状况及其私下疯狂的信仰颇有微词，地下蜡像馆在成功挫败某些流言的同时，又大大加剧了另一些流言的锋芒。罗杰斯的兴趣是呈现梦魇与畸形，他甚至不得不把一些最可怕的作品放在仅限成人参观的特殊房间，并用布帘遮住。琼斯流连忘返的正是那个房间，那里充斥着天马行空的奇想、恶魔附身的技艺和栩栩如生的上色三者结合方能诞生的杰作。

那些杰作包括知名的神话形象——戈耳贡三姐妹、奇美拉、巨龙、独眼巨人及它们赫赫有名的同类；另一些取材于远为黑暗和隐秘的地下传说——黑色不定形的撒托古亚、触须密布的克苏鲁、长鼻的昌格纳·方庚……只有《死灵之书》《埃波恩之书》或冯·容兹的《不可言说的教派》之类禁书提过这些亵渎的存在。最可怕的作品则出自罗杰斯的原创，超乎古代故事的范畴，一部分是对已知生命体的丑陋模仿，另一部分似乎来自昭示其他星球和星系的癫狂梦境。克拉克·阿什顿·史密斯最狂野的绘画与之有几分相似，却也难以匹敌蜡像们以巨大的体积、鬼魅的手法和险恶的灯光所共同营造的令人作呕的深刻感染力。

出于对奇想艺术孜孜不倦的渴求，斯蒂芬·琼斯去地下蜡像馆背后昏暗的办公室兼工作间拜访罗杰斯。那是个阴森的地窖，砖墙上方开出一排窄窗，与地面隐蔽而古旧的鹅卵石后院齐平，窗户灰尘扑扑，室内采光极糟。蜡像在此得到修补——许多蜡像也在此诞生——若干长凳上搁着光怪陆离的蜡手、蜡腿、蜡头和蜡身，置物架高层肆意散放着假发、尖牙和炯炯有神的玻璃眼球，钩子挂满各式奇装异服，一个壁龛则堆了大量肉色蜡块及塞满各种颜料罐和笔刷的架子。房间中央有个熔化蜡块用以塑形的大熔炉，炉膛上用铰链挂着一口大铁箱，手指轻轻一拉即可从铁箱喷口倒出熔化的蜡液。

阴暗的地窖里其余的事物很难描述，个个都像是从疯子的幻觉里出没的妖魔鬼怪身上拆下的零件。地窖尽头还有一扇被大得出奇的挂锁锁住的厚重木门，门的上方绘有奇特的符号——曾偶然接触过可怖的《死灵之书》的琼斯认出了那个符号，不由得浑身发抖，他意识到馆主必在可疑的黑暗领域有着令常人惊骇的探究。

与罗杰斯的谈话加深了这份印象。这人又高又瘦、不修边幅，胡茬覆盖的苍白脸庞上有一对灼热的黑色大眼珠。他没有责难琼斯擅自闯入，似乎很乐意与难得的同好分享心得。他的声线奇低又容易引起回音，给人一种刻意压抑内心兴奋的感觉。综合所见所闻，琼斯不难想象为何许多人觉得罗杰斯精神异常。

日子一天天过去，随着每次友好的拜访，罗杰斯变得越来越亲切和健谈。这位馆主起初只是暗示某些奇特的信仰和仪式，后来发展到尽情讲述夸张离谱的故事，偶尔还配上古怪的照片做证。他说起前往西藏、非洲内陆、阿拉伯沙漠、亚马孙河谷、阿拉斯加和南太平洋某些鲜为人知的岛屿的神秘旅行，又号称阅读过许多仅存在于传说中的可怕古书，例如史前时代的《奈克特断章》，还有来自险恶而不属于人类的冷原的《朵尔赞歌》。6月的某个晚上，琼斯带来一瓶上好的威士忌，终于彻底撬开了主人的嘴，让罗杰斯得以畅所欲言——他在威士忌的魔力感染下吐露的内容癫狂到了极致。

简而言之，罗杰斯含混地自吹开创了自然界大发现的新纪元，并曾在多次探索中带回物证。他滔滔不绝地宣扬自己对那些晦涩典籍的研究高人一筹，并在书中线索的指引下寻到某些偏僻的角落，见证了隐藏的异类——那些异类自人类诞生的万古以前遗留下来，往往与其他维度或世界存在关联，这种联系在被遗忘的史前时代似乎相当普遍。琼斯对主人丰富的想象力倍感惊诧，对其过往的心路历程尤为好奇：在杜莎夫人馆伴随无数怪异蜡像的工作是这场妄想之旅的起点，还是正好呼应了罗杰斯的内心，制作蜡像不过是最自然的宣泄渠道？无论如何，罗杰斯的创作与其精神状态息息相关，那个用布帘遮住、仅限成人参观的特殊房间里的作品无疑体现了他最黑暗的念头，他还不顾一切地暗示那些梦魇般的超凡之作并非都是用蜡所能实现的。

琼斯对这些惊人言论的坦率怀疑和消遣奚落打击了罗杰斯高涨的热情。后者显然非常在乎自己的想法，也因此变得越发郁闷和气恼，与琼斯的交往遂演变成瓦解后者彬彬有礼但绝不轻信的态度的反复尝试。他继续讲述疯狂的传说，讲述敬奉无名古神的仪式与献祭，时而把客人带去那个被遮住的房间，参观丑陋的亵渎之作，指出蜡像的某些特征以最精湛的手艺也无法达成。琼斯固然意识到自己失去了馆主的赏识，但由于迷恋展品，仍持续造访蜡像馆。他有时会假装附和罗杰斯疯狂的暗示或主张，但形容憔悴的馆主鲜少上当。

持续升温的紧张气氛终于导致9月末的摊牌。那日下午，琼斯闲逛到蜡像馆，在阴暗的长廊里独自游荡，欣赏如今已非常熟悉的恐怖展品，突然听到罗杰斯的工作间方向传来非常奇特的声音。那声音在地下的拱顶大厅里回荡，其他人也都听见了，个个面露惶恐。在场的三名馆员交换着古怪的眼神，其中有个黑肤寡言、外国佬模样的家伙——他通常担任罗杰斯的修理工和设计助手——露出了令同伴们疑惑又令琼斯相当烦躁不安的笑容。那声音是犬类在极度恐惧和饱受折磨的情形下发出的吠叫或尖叫，其中的痛苦教人不忍听闻，在这个堆满畸形展品的地方显得格外可怕。蹊跷的是，琼斯想起狗是不允许被带入蜡像馆的。

琼斯正待前往工作间询问，却被黑肤馆员以手势和言语制止。那馆员用带有口音又混着一丝嘲讽的温和语调向他致歉，说是罗杰斯先生出门在外，而这里明令禁止擅入工作间。那声尖叫无疑来自蜡像馆地面的后院，周边有许多流浪的混血儿，他们打起架来有时吵得吓人。总之，蜡像馆内绝对没有狗，而琼斯先生若想拜访罗杰斯馆主，得等到快闭馆时才有机会。

此路不通，琼斯转而登上老旧的石阶，来到外面的街道，好奇地检查肮脏的周边地带。那些倾斜而破败的建筑曾是住宅，今日多沦为商铺和仓库。它们的确非常古老，有的三角墙似能追溯到都铎王朝时期，整片区域都散发出一种似有若无的瘴气般的臭味。蜡像馆顶上是一栋脏兮兮的房子，房子旁边有道低矮的拱门，连通阴暗的鹅卵石小巷。琼斯踏入小巷时，有些一厢情愿地希望这儿能通往蜡像馆工作间天窗外的后院，并令人信服地揭开那声吠叫的谜底。暮色之中，他来到的院子相当昏暗，阴森的老房子的后墙围绕在四周，不但比斑驳剥落的面街的外墙更丑陋，也更具威胁意味。这里没有狗的踪影，而若说是打架斗殴，当事人溜得又未免太快了些。

尽管助手一再声明蜡像馆内没有狗，琼斯的视线仍不由自主地飘向地下工作间的三扇小天窗。这三扇狭小的矩形窗户与野草覆盖的院落齐平，久未清理的玻璃窗格像许多冷漠又令人反胃的死鱼眼一样回瞪着他。天窗的左边有一段磨损的台阶，通向一扇上闩的厚门。某种冲动促使他趴在潮湿破碎的鹅卵石间，朝窗内窥探，暗暗指望那靠长绳拉动的绿色厚窗帘此刻并未放下。这点如愿以偿了，当他用手帕擦净天窗表面厚厚的积灰时，欣慰地发现视线并无阻碍。

地窖内阴影幢幢，看不真切，琼斯依次就着每扇天窗观察，但只有怪模怪样的工具时而幽灵般地出现在视野里。他一开始断定屋子里没人，但透过最右边的窗户看去——也就是离小巷最近的那扇窗——却发现工作间远端有团令人迷惑的光亮，不由得愣住了。那边是地窖深处，本无光源，附近似乎也没有电力或燃气设备。他仔细瞧看，发觉那是个竖起来的面积很大的矩形光源，突然灵光一现，想起自己经常注意的、用大得出奇的挂锁锁住的厚门……那扇门从未开启，门的上方粗略绘制着一个可怕的神秘符号，出自记载禁忌的上古魔法的古书残篇。那扇门一定被打开了，光线从中射出，他之前对门内景象和门后之物的无数猜想此刻变得格外凶险逼真。

琼斯在沉闷的周边地带漫无目的地闲逛到接近六点，然后回到蜡像馆拜访罗杰斯。他不明白自己为何急于面见馆主，只能归咎于下午那声寻不到来由的可怖吠叫，以及从通常绝不会开启的门扉后射出的令人困惑的光线，这些事让他心绪不宁。他返回蜡像馆时馆员们正好下班，而他感到奥邦纳——那个外国佬模样的黑肤助手——的眼神中带着一丝幸灾乐祸的促狭，这让他很不高兴，尽管那人也常对雇主露出同样的表情。

空无一人的拱顶陈列厅格外阴森，琼斯快步通过，急切地叩响办公室兼工作间的门。门内传来脚步声，却迟迟不见回应，直到琼斯二度敲门，锁头才发出"嘎吱"声，随后古老的六镶板门缓缓开启，无精打采但目光灼热的乔治·罗杰斯就在门内。一眼即知馆主情绪有异，他招呼琼斯的态度是心生抵触与自鸣得意的奇特混合。进门后他即刻把话题转向最丑恶和最难以置信的方向，且一发不可收拾。

他说到幸存的"古神"，无可言表的献祭，还有那个特殊房间里并非出于人造的恐怖作品——这些固是习以为常的吹嘘，语气却分外自信，令琼斯认定这个可怜虫的精神状态是越发癫狂了。谈话期间，罗杰斯不时鬼鬼祟祟地瞥向地窖尽头用大得出奇的挂锁锁住的厚重木门，或是离门不远的地上一片粗麻布，麻布显然盖住了某个小物品；琼斯则变得越来越紧张，他原本急于追问下午的怪事，现在却越发犹豫起来。

由于按捺不住的兴奋，罗杰斯通常如坟墓般低沉浑厚的嗓门也变嘶哑了。

"记得我跟你描述过的废墟吗？"他叫道，"就是位于印度支那的丘丘人城市。见到照片，你不得不承认我去过那里，却依旧认为我用蜡制作了那个在黑暗中游泳的椭圆东西，若你跟我一样见过它在地下深潭翻腾……

"也罢，有一件更大的事我从未告诉你，我在完成前不打算放出消息，但你看到快照就会明白那是千真万确的。事实上，我有一个独特的办法来证明'它'并非我制作的蜡像。你尚未见过它，由于实验的关系，我不能把它陈列展览。"

馆主诡魅地盯着那扇上锁的门。

"一切都源于《奈克特断章》第八卷的长仪式，根据我的研究，那只可能有一种含义。要知道洛玛大陆出现以前——人类出现以前——北方曾有别的主宰，仪式涉及的就是其中之一。我们为此千里迢迢赶到阿拉斯加，又从莫顿堡前往诺阿塔克，目标就在那里。那里有辽阔的巨石建筑废墟，纵然保存状况不如预期，但经过三百万年风化，谁又能奢望什么呢？爱斯基摩人的传说不是全都应验了吗？然而那帮死蛮子都不肯去，我们只好坐雪橇回诺姆找美国人。奥邦纳受不了那里的气候，他变得阴沉可恨。

"探险经过以后再谈。总之，我们最终炸开了堵塞废墟中央门楼的冰块，阶梯就在应该在的位置，周围还有些雕刻，而我们轻易说服了美国人留在外面。奥邦纳抖得像树叶，你绝对想不到那个一贯嚣张无礼的混账会怕成那样，大概是因为他了解的上古知识也够多吧，明白何时该感到恐惧。除开手中的火把，废墟里没有光源，我们沿路撞见了不少尸骨，那些都是若干纪元以前、气候尚且温暖时遗留的，有些骨头出自你绝对无法想象的生物。在废墟第三层，我们成功发现了《断章》反复提及的象牙王座，并且——它不是空的。

"王座上的东西没有生气——我们意识到它需要祭品来摄取养分，而那时我们绝不想唤醒它。首要任务是把它运回伦敦。奥邦纳和我折返拿来大箱子，装好后才发现要攀登回到三层以上的地面难如登天，因废墟里的梯级过于庞大，本不是为人类准备，箱子又沉重无比。我们只好召唤那些不愿入内的美国人前来帮忙，幸好他们不知道最吓人的正是箱子里的东西。我们哄骗他们说这是一堆象牙雕刻，是考古材料——看到象牙王座，他们或许信了几分。说实话，他们没提出平分宝藏的要求，真算得上奇迹。事后他们在诺姆散播了一些奇妙的流言，但我怀疑他们没勇气返回废墟，哪怕只为搬走象牙王座。"

罗杰斯停下来在桌边摸索，找到一个装有大尺寸照片的信封。他从中取走一张，朝下扣在面前，把其余的递给琼斯。这些照片的拍摄坏境的确奇特：风雪覆盖的山丘、拉雪橇的狗、裹着层层毛皮的探险者，以及雪景中大片破败废墟——诡异的建筑轮廓和修筑它们所用的巨石都让人惊叹。一张在闪光灯下拍摄的照片揭示出极宽广的内室，那里有许多狂野的雕刻和一个比例明显不适合人类的古怪王座。巨石砌成高得出奇的墙壁和拱顶上均布满雕刻，主要是些符号，有的全然陌生，有的却像是某些黑暗传说涉及的亵渎的象形文字。王座正上方那个可怖的符号与工作间内被挂锁锁住的木门面上刻有的符号相同，琼斯不由得紧张地朝那扇紧锁的门瞥了一眼，他确定罗杰斯去过许多奇怪的地方，见过许多奇怪的事物，但这张内室照片不是完全没可能造假——例如经过巧妙布景——他仍不肯轻信对方。

罗杰斯续道："箱子顺利地走海路从诺姆运到伦敦，这是我们

第一次带回有可能活过来的东西。我没展出它，因它有更重大的意义。作为神明，它需要献祭滋养。当然，我无法提供它过去喜欢的祭品，今天也没有那种东西，但我总能找些替代品。你知道，鲜血即是生命，在恰当的条件下献出人类或动物的鲜血，即便游魂或比地球更古老的元素灵亦会响应召唤。"

馆主的表情越发狰狞可憎，琼斯不由得坐立不安。馆主注意到他的紧张，直白地露出恶毒的笑容。

"我是去年得到它的，从那时起一直在尝试各种仪式与献祭。奥邦纳帮不上什么忙，他总反对唤醒它——他憎恨它，也许是惧怕整件事的重大意义。为保护自己，他一直带着手枪，蠢材！人类怎能对抗神明？要是他哪天掏出枪来，我非掐死他不可。他建议我杀了它再做成蜡像，但我坚持计划不动摇，直到成功为止，无论奥邦纳这号胆小鬼如何反对，无论你这种疑神疑鬼的旁观者如何嘲讽，琼斯！我吟诵过祷词，献上了祭品，转变终于在上周到来。我的祭品被它愉快地收下享用了！"

罗杰斯边说边舔嘴唇，琼斯心神不宁地竭力保持坐姿。馆主停了半晌后站起来，穿过房间来到那片他频频瞥看的麻布前，弯腰掀起一角。

"你多次嘲笑我的工作，现在是时候面对真相了。奥邦纳说你下午曾听到附近传来狗的惨叫，你知道那意味着什么吗？"

琼斯心中惶恐，旺盛的好奇心也不能阻止他打退堂鼓，宁愿放弃追根究底。但罗杰斯主意已定，他一把掀开那片方形麻布——

下面是压得不成形状、几乎无从辨认的肉体。那个器官被捣烂、血液被吸干、上千个地方被刺破、最后蜷成一摊怪诞的碎骨肉泥的东西，从前曾是活物吗？琼斯看了又看方才确定——那是一条狗，一条白毛大狗，由于令人发指的摧残，品种是无从得知了。它的大部分毛发似被强酸溶化，没有血色的裸露皮肤上密密麻麻全是圆形创孔或切口。何等超越想象的酷刑方能造成这种后果！

汹涌澎湃的嫌恶战胜了不断增长的恐惧，琼斯尖叫着跳了起来。

"你这该死的虐待狂——你这疯子——你干出如此伤天害理之事，还敢跟正派人炫耀！"

罗杰斯不怀好意地冷笑着丢下麻布，直面朝他逼近的客人。他的语气超乎常理地平静。

"傻瓜，你以为是我干的？的确，以人类受限的视角，这是桩丑陋的暴行。但又如何呢？它根本不是人类，不能以常理看待。我献上祭品，也就是这条狗，此后便任由它处置。它需要献祭滋养，并用自己的方式来吸收。我给你瞧瞧它的模样吧。"

琼斯止犹疑不定，主人已回到桌边，不由分说地拿起那张扣住的照片，神情古怪地递给琼斯。琼斯接过照片，近乎机械地瞥了一眼——随后他瞪大的眼睛便挪不开了，那东西仿佛蕴含着极度邪恶的催眠力量。单从照片而论，罗杰斯塑造远古梦魇的手段无疑又有精进，恶魔般的天才方能创造这等杰作。若是公开展出，真不知公众会作何反应……说到底，如此丑恶之物有何权利存在于世？也许完工后，它的创造者只是看着它便迷失了自我，以致想用残忍的血祭来供奉它。没错，只有最理智的心灵才能抵御那个孽物散发的阴险暗示，不把它当成确实存在或曾经存在的极度病态、诡异的真实生物。

照片上那个蹲在或者说搁在巨大王座上——便是先前照片中那个象牙雕刻王座的精妙复制品——的东西远超常人想象，难用寻常词汇形容。乍看上去，它只有少许地球脊椎动物的特征，即便这点也非常可疑。它的身躯之大，乃至蹲着也接近一旁站立的奥邦纳两倍高。琼斯经过反复观察，终于找到了一些高等脊椎动物的线索。

那东西的身躯近乎球形，生有六条蜿蜒扭曲、末端形似蟹爪的迤长肢体。球形身躯的上端末尾又连着一个泡泡状的小球，小球上有三只呈三角分布、瞪大的鱼眼睛和一条一英尺的柔软长鼻，侧面还有鼓胀的鳃状组织，这些大概能说明小球便是头部。毛皮般的事物覆盖了那东西的整个身躯，仔细观察可判明那些其实是浓密生长的黑色纤细触须，或者说吮吸器官，因每条触须的末尾均有角蝰蛇一样的嘴。头部那条长鼻以下的触须最长也最浓密，且有螺旋条纹，很像神话里美杜莎的蛇发。按说那东西不可能体现人类的表情，但琼斯觉得那三只凸出的鱼眼睛和刻意盘卷的长鼻都述说着憎恨、贪婪和纯粹的残忍，又因混合了不属于这个世界和星系的其他情绪而晦暗难明。创造如此卑劣畸形之物，罗杰斯想必倾注了所有疯狂的恶意和难以模仿的雕刻天分，成品着实令人难以置信——但照片又是真真切切的。

罗杰斯打断他的沉思。

"好啦——怎么说？你明白碾碎那条狗，并用百万张嘴吸干它的元凶了吗？它需要养分，很多很多养分。它是神明，我则是它在今日世界的首席祭司。噫！莎布·尼古拉丝！滋生万千幼体的山羊！"

琼斯带着同情和嫌恶放低照片。

"不，罗杰斯，别这样。你知道，凡事都有个底线。这尊蜡像的确是杰作，了不起的杰作，但对你没好处。别再看它了，让奥邦纳打碎它，试着忘记它吧。最好也让我替你把这可憎的照片撕掉。"

馆主低吼着一把夺过照片，放回桌上。

"你真是个白痴，竟还以为一切都是骗局！以为它是我的创作！以为我把精力全花在了无生机的蜡像上！见鬼去吧，你比蜡像更愚笨！今天我有办法证明，你会亲身体验到！不，现在还不行，享用祭品后它需要休养生息——但很快就会准备好。噢，是的，届时你不会再质疑它的力量。"

罗杰斯再次瞥向挂锁锁住的木门，琼斯则拿起附近凳子上放着的帽子与手杖。

"行，罗杰斯，就等准备好再说。我有事先走，兴许明天下午再来叨扰。在此之前，请你考虑考虑我的建议，想想它是否明智。问问奥邦纳的看法。"

罗杰斯像野兽一样龇着牙齿。

"有事先走，嗯？你怕了，你到底怕了！嘴硬也没用！你说这里只有蜡像，我要证明并非如此，你却脚底抹油。你跟那帮打赌敢在馆内过夜的家伙没两样，那帮孬种发下豪言壮语不到一个小时，便浑身发抖地敲打大门要出去！问问奥邦纳的看法，嗯？你们两个——你们两个故意跟我为难！你们不想看到它恢复在世间的统治！"

琼斯竭力保持冷静。

"不，罗杰斯，没人跟你为难。我钦佩你的技艺，但不怕你的蜡像。只是今晚大家都有些上头了，休息一下比较好。"

罗杰斯仍不放客人离开。

"你不怕，嗯？那干吗急着离开？挑明说吧，你敢不敢在这里独自过夜？你要是相信自己的说法，又有什么可担心呢？"

罗杰斯像中邪一样地坚持，琼斯紧盯着他。

"告诉你，我并不着急，但独自留下有什么益处？能证明什么？对我来说，唯一的阻碍是这里不适合睡觉。说穿了，我俩打这个赌的意义何在？"

说到这里，琼斯突然也有了想法，便用安抚的语气续道："这样吧，罗杰斯——我刚才说独自留下能证明什么，其实你我都心知肚明，倘若真相大白，蜡像只是蜡像，近来占据你头脑的妄想便不攻自破了。假设我愿意这么做，假设我愿意待到早上，你能否放下执念，出去旅行三个月，或者让奥邦纳砸碎那些新作品？这很公平不是吗？"

听了这提议，馆主的表情一时捉摸不定。他显然在快速思考，各种矛盾的情绪互相斗争。最后恶意占到上风，他激动地答道："很公平！只要你能坚持到底，我就接受提议，请你务必坚持到底。我们先出去吃晚餐，回来后我把你锁在陈列厅，自行回家。早上我会赶在奥邦纳之前——他通常比其他馆员提前半个小时上班——进来检查你的情况。你可要想清楚，别人都反悔了，而你还有机会反悔。无论如何，敲打前门可招来治安官。虽然你与'它'只在同一栋建筑，并不在同一个房间，但晚上你多半待不住。"

计议已定，罗杰斯便用麻布裹住那团沉甸甸、不堪入目的肉泥，带琼斯从后门离开，登上邋遢的后院。院子中央有个下水道井，馆主平静地打开井盖，把麻布连同所有污物一起丢进了下面污秽不堪的迷宫，整套操作的熟练程度让琼斯不寒而栗——走到街上时，他几乎想从身边这个憔悴的身影旁退开。

基于无言的默契，两人没有共进晚餐，而是约定十一点在蜡像馆入口处碰头。

琼斯招来出租车，当他穿过滑铁卢桥、靠近灯火辉煌的河岸街时，呼吸才终于顺畅了些。他找了家安静的咖啡馆用餐，随后回到波特兰大街的家中沐浴，顺便拿点东西。他漫无头绪地想象罗杰斯的动向，听说对方在沃尔沃思路有栋阴郁的大宅，里面堆满各种晦涩的禁书、神秘的器具和不打算展出的蜡像。奥邦纳似乎也住在那宅子的某个房间。

琼斯十一点返回时，罗杰斯已等在南华克街那个地下蜡像馆的门前。他们简单交流几句，各自绷紧了神经。守夜地点被确定为拱顶陈列厅，罗杰斯并未强求客人待在堆满可怖作品、仅限成人参观的特殊房间，但他在工作室内关闭了所有电源，又用一大串贴身钥匙中的一把锁住工作室的门。此后他没有握手道别，径直步出通向大街的前门，转身将门锁紧，踏着老旧的石阶走上人行道远去了。随着脚步声渐行渐远，琼斯终于迎来了漫长而乏味的夜晚。

（二）

没多久，待在巨大的拱顶陈列厅里的琼斯就咒骂起自己意气用事的幼稚。这里伸手不见五指，最初的半小时，他坐在为参观者提供的长凳上，时而点亮袖珍手电筒，心情则越发低落。手电筒依次照亮了各种病态畸形的作品——断头台、不知名的混血怪物、一脸邪笑的白胡子、被割喉后血流覆盖的身躯。琼斯明知它们都不是真的，但半小时后便不想再看了。

他想不通自己为何要迁就那个疯子，听其自生自灭不好吗？或者请个心理医生？现在想来，这或许是艺术家间的惺惺相惜。罗杰斯出众的天分不该被愈演愈烈的妄想症埋没，谁能构思及创作如此栩栩如生的作品，都称得上潜在的伟人。他有西姆或多雷的头脑，又有布拉斯卡的非凡手艺——真的，罗杰斯在噩梦世界的造诣可与布拉斯卡对植物学的贡献相提并论，后者以上色玻璃奇迹般再现了无数奇妙的植物。

午夜时分，远处的钟声划破黑暗，依旧存在的外部世界传来的这条信息令琼斯大感欣慰。孤零零地待在宛若坟墓的拱顶陈列厅里着实难受，哪怕有只老鼠做伴也好，可惜正如罗杰斯吹嘘的那样，基于"某些理由"，老鼠乃至虫子都不会造访蜡像馆——琼斯曾对此存疑，现在却不得不信。厅内被全然的死寂笼罩，他多想有一点声音！他挪动脚步，搅乱绝对静默的却像是幽灵的应答；他低声咳嗽，断断续续的回音又似有嘲讽意味；而他暗暗发誓决不自言自语，以免陷入混乱。时间过得异常缓慢，慢得让人心痒难耐，他本以为上次用手电筒看表已过去了数个小时，不料才刚敲响午夜的钟声。

唯独感官变得不可思议地敏锐，黑暗与死寂之中，有种说不清、道不明的东西令他草木皆兵。他的耳朵间或捕捉到极轻微的声响，而那不像是外面肮脏的街道上不成调的哼哼。久而久之，他开始幻想暧昧不明的事物，例如星球间的乐章，或是存在于其他维度、未知亦不可知的外星生命——罗杰斯经常揣摩的就是这类事。

黑暗的视野里飘浮的光点仿佛组成若干奇特的对称图案，或者说做着奇特的对称运动。过去，他每每为尘世的灯光熄灭后，在我们眼前闪现的宛如来自深渊的奇妙射线而惊叹，但它们从未像今晚这样。光点不再漫无目的、平稳安详，却似乎屈从于某种非人的意志或目的。

他觉察出奇怪的动静。按说门扉都关得死死的，整个空间不该有什么气流，然而空气并不处于均匀的静态。气压发生了捉摸不定的变化，让人隐约联想到看不见的可憎元素灵在伺机而动，周围还冷得出奇，这些都让琼斯相当不快。此外，空气里有一股盐味，仿佛混合了漆黑的下水道里的脏水，其中甚至蕴含着一丝难以捉摸的霉臭——他在白天可从未注意到任何蜡像散发出气味，那丝似有若无的霉臭尤其不该属于蜡像，倒像是自然博物馆里标本的味道。如此看来，罗杰斯是否因过剩的想象力和奇怪的味道结合，才产生了并非所有作品都是蜡像的妄想呢？毫无疑问，所有人都必须约束自己的想象力——可怜的罗杰斯不正因缺乏自制才走向疯狂吗？

然而极端的孤寂不免让人心生恐惧，微弱的钟声像隔着银河的距离。琼斯回想起罗杰斯出示的那些癫狂照片，回想起那个布满狂野雕刻又摆放有神秘王座的房间——罗杰斯说那是北极圈内三百万年前的遗迹，无人敢于涉足又被坚冰封住。或许罗杰斯的确去过阿拉斯加，但那些照片肯定是舞台布景，如此方能合理解释雕刻和恐怖符号的出现。至于罗杰斯口中在王座上发现的大怪物——何等病态的想象！——这会儿琼斯悄悄计算起自己离那个以天才手法塑造出的错乱蜡像有多远，它多半就藏在工作间内用挂锁锁住的沉重木门后……不，不该揪着一个蜡像不放，陈列厅内不是有很多蜡像吗？其中许多不是跟那神秘的"它"同样可怕吗？况且在左边仅限成人参观的特殊房间里，隔着薄薄一层帆布还堆满了不可名状的怪诞作品。

时间一分一秒过去，琼斯感到自己被无数蜡像困住了。以他对蜡像馆的熟悉程度，即便在伸手不见五指的黑暗中，也无法将那些蜡像的形象抛诸脑后——毋宁说，黑暗反倒为记忆增添了许多诡异的幻觉特效。断头台似在嘎吱作响，兰杜——他杀害了五十个老婆——的胡子脸极度扭曲，德默斯夫人被割开的喉咙发出丑恶的汩汩声，而被分尸杀人犯丢弃的无头无腿尸，正一点点爬向自己血淋淋的肢体。琼斯闭上双眼驱赶想象，却无济于事。更糟的是，一旦闭上眼睛，那些划出古怪轨迹的光点就令人不安地明显起来。

突然，他又想留住刚才努力驱赶的可怖形象——他想留住它们，是为避免更可怖的形象取而代之。他的大脑不受控制地勾勒出那些摆设在阴暗的角落、全然非人的亵神之物，它们臃肿、沉重、渗出黏液的身躯在朝他蠕动，从四面八方包抄而来。黑色的撒托古亚蜡像转变了形态，从蟾蜍外貌变为一根有数百只退化脚掌的蜿蜒长条。橡胶质感的瘦削翼魔张开双翼，仿佛要立刻扑上前掐死他。琼斯鼓足勇气才没放声尖叫，心知自己又回到了怕黑的童年，必须拿出成年人的理智来驱散幻觉。点亮手电筒能提供一点帮助，光亮揭示的景象固然可怕，比起黑暗中的幻想却是小巫见大巫了。

然而点亮手电筒亦有缺点。他开始下意识地怀疑，把大厅与那个仅限成人参观的特殊房间隔开的帆布，正在诡秘地微微抖动。想到那个房间里有什么，他自己也发起抖来，想象力再度信马由缰——传说中的犹格-索托斯由无数虹色球体堆积而成，充满惊人的恶意，那团可憎的身躯是不是正待突破帆布的阻碍，继续缓缓飘向他呢？布帘最右边的小凸起势必是诺弗-刻头顶的尖角，它是格陵兰冰原的长毛神兽，有时用两条腿走路，有时用四条腿，还有时用六条腿。为赶走想象，琼斯打着手电筒，大胆地走向那个地狱般的房间。恐惧终究没有化为现实，可伟大的克苏鲁脸部伸出的长长触须是否真的在缓慢而阴险地摇摆？他知道蜡像制作得非常精巧，却不知走动带起的气流也足以让它们运动。

他回到房间外最初落座的长凳，闭目养神，认命地让那些光点绘制对称图案。远处的钟声再度响起。一声。只有一声？他点亮手电筒看表，的确是一点。在蜡像馆内苦等早晨真难熬啊。直到八点，罗杰斯才会赶在早到的奥邦纳之前打开陈列厅。虽然那时外面早已天光大亮，却根本照不到地下，除开那三扇面向后院的天窗，所有窗户都被砖头堵住了。在蜡像馆内苦等早晨真难熬啊。

苦等之中，幻听变得严重起来，他敢发誓工作间紧锁的门后传来单调乏味又鬼鬼祟祟的脚步声。他半心半意地再次想到罗杰斯不肯展出的那个污秽的"它"，那个能让创造者发疯的蜡像，仅一张照片就能唤起无穷的恐怖。不，它不可能在工作间——它显然被封在挂锁锁住的厚重木门后——脚步声只是纯粹的想象。

可他似乎又听见钥匙插进工作间大门的锁孔。他立刻点亮手电筒，发现那扇古老的六镶板门纹丝未动。他回到黑暗中，闭上眼睛，随即传来的是亦真亦幻的嘎吱声——不是断头台，而是工作间的门在缓慢地悄然开启。他不敢尖叫，出声就完了。大厅里有了踮着脚或拖着脚行走的声音，且缓缓冲他而来。他必须控制住自己，刚才那些五花八门的幻想之物包抄逼迫时，他不就做得很好吗？但随着脚步声越来越近，他突然憋不住了，尽管没有尖叫，他却上气不接下气地喝问："谁？谁在那儿？你想怎样？"

没有回答，但拖着脚行走的声音照旧。琼斯不知哪样更可怕——立刻点亮手电筒，还是在黑暗中等待对方一步步靠拢。他由衷地感到，那东西和今夜其他的恐怖事物截然不同，他的指头和喉咙都间歇性地痉挛起来。他该如何保持沉默？不见五指的黑暗中飘荡的焦虑让人一刻也无法忍受了。于是他点亮手电筒，再次歇斯底里地喝道："站住！谁在那儿？"然后他僵住了，紧接着便丢下手电筒反复地大声尖叫。

在黑暗中拖着脚步靠近的是个巨大而丑恶、恍如类人猿与昆虫合体的黑色怪物。它的皮肤松松垮垮地挂在骨架上，皱纹密布、眼睛退化的脑袋如醉酒般左右摇晃。它伸出的前肢尽头是分得很开的钩爪，而它虽没有表情可言，却散溢出腾腾的杀人怨念。在尖叫声停息、黑暗降临的时刻，它纵身扑向琼斯，将他按倒在地。昏厥过去的琼斯毫无抵抗。

但琼斯昏厥得不久。当那个无名怪物像猿猴一样将他拖过黑暗时，他慢慢恢复了理智，而让他完全清醒的是它的声音——它的嗓音。事实上，那嗓音来自他非常熟悉的人类，只有一个人可能用如此嘶哑狂热的口吻，对着未知的恐怖存在卖力吟诵。

"噫！噫！"对方吟诵道，"尊者阑－提戈斯在上，小人不才，特来敬奉养料！尊者等候已久、祭献长缺，幸得小人践行承诺、不辞辛劳。此獠忝列上等，远胜奥邦纳辈，而其素来妄议尊者，罪大恶极。恭请尊者碾碎彼之身躯，吸干彼之怀疑，从而增进威能，以彼之湮灭成尊者之荣耀。大哉阑－提戈斯，强哉阑－提戈斯，小人甘为尊者之奴仆，亦为尊者之牧首，尊者饥渴，小人给予。万古苍茫，幸而小人识尊者之符印，迎尊者于此方，以鲜血之奉贡换力量之赐赏。噫！莎布·尼古拉丝！子孙繁茂的山羊！"

听罢这番话，琼斯一下子甩开了当晚所有的恐慌，重新成为自我意志的主宰，因他终于明白面对的是怎样世俗而实际的威胁——并非神话中的怪物，而是危险的疯子：罗杰斯。馆主穿着用癫狂的思想设计出的噩梦服装，正准备将他残忍地献祭给蜡制邪神。罗杰斯显然是从后院潜入工作室，穿好服装再出来捕捉困在陈列厅里、精神濒临崩溃的猎物。这疯子的力气大得出奇，若想阻止不幸的发生，必须赶快行动。所幸对方以为他失去了意识，可趁其稍微松懈发起突袭。这时，身体撞上门槛的感觉使他意识到自己已被拖入漆黑的工作间。

怀着鱼死网破的决心，琼斯自半躺状态陡然跃起。突如其来的反抗使他挣脱了惊愕的疯子的掌控，而他不给对方喘息之机，立刻朝前方的黑暗扑去。他的双手幸运地掐住了对方被怪异服装遮住的咽喉，但罗杰斯也紧紧抓住了他，两人就这样在毫无准备的情况下陷入激烈的殊死搏斗。在这种搏斗中，琼斯平素的运动锻炼无疑大有帮助，而疯狂的对手业已抛下所有公平与体面，甚至不求自保，浑若杀红了眼的豺狼虎豹。

黑暗中的丑陋扭打不时伴随着嘶吼。鲜血飞溅，衣服撕裂，琼斯终于剥下怪异的面具，接触到对手喉咙的皮肤。他不敢怠慢，每一分力气都必须用于求生。罗杰斯踢腿、抓抠、顶撞、撕咬、吐口水，还找机会吼出了一些话，大部分是关于"它"或"阑－提戈斯"的仪式用语，而在过度紧张的琼斯听来，疯子的号啕似乎得到了遥远处恶魔般的鼻息与吠叫的回应。他们两个在地上翻滚，掀翻了许多长凳，时而撞上墙壁或中央熔炉的砖石底座。琼斯直到最后也不确定自己能占上风，但运气终究站在他这边——他的膝盖狠狠撞中罗杰斯的胸口，随着对手逐渐瘫软，片刻后，他确定自己赢了。

琼斯强撑身体，摇摇晃晃地站起来，在墙上摸索电灯开关——手电筒早已不知所终，大部分衣物也被撕烂。他蹒跚着摸索时并未放开人事不省的对头，唯恐那疯子苏醒后又来袭击。待摸到开关盒，他又费了好大工夫才找出正确的把手。杂乱无章的工作间突然被强光照亮，他立即找来左近的绳索与线圈，将罗杰斯捆个结实。现在看来，馆主的伪装服——或者说伪装服剩下的部分——乃是用一种令人困惑的奇特皮革制成的，散发出铁锈般的古怪味道，摸上去让人莫名地起鸡皮疙瘩。好歹伪装服下的普通衣物里藏着那串贴身钥匙，筋疲力尽的他总算可以奔向自由。那些狭小天窗的窗帘全放了下来，他决定保持原样。

琼斯在方便水槽里洗去战斗的血污，又从钩子上取来最不显眼而勉强合身的服装。通往后院的门装的是弹簧锁，内部开启无须钥匙，但他带上了那串钥匙，以便找来帮手时能从外面开门。坦白地说，当务之急是找个精神科医生。蜡像馆内没有电话，但附近不难找到有电话的通宵旅馆或药店。他正待开门，工作间对面突然传来一连串不堪入耳的辱骂——罗杰斯终于恢复了意识，其人唯一可见的伤痕是左脸一道又深又长的抓伤。

"白痴！以诺斯－意迪克与库苏恩的孽种，永远在阿撒托斯的混沌中狂吠的猎犬之子的名义！你本可超凡入圣、化为不朽，却背弃了神明与它的祭司！小心，它此刻正饥渴难耐！我本来选中奥邦纳那条时刻准备背叛我和神明的无信野狗，却临时改变主意想把荣誉留给你。现在你们两个必须非常小心，失去祭司的它绝不会善罢甘休。

"嘻！嘻！报应不爽！你知道自己本可不朽吗？看看这熔炉！炉火正待燃起，铁箱装满蜡块，我本可像对待其他生命一样对待你。嗬！顽固不化！你认为我的作品全是蜡像，现在你也将成为蜡像！炉子备好了！只等它享用过祭品，把你像那条狗一样碾碎吸干，我就让你千疮百孔的残躯永垂不朽！这是蜡液的魔力，你也承认我是个伟大的艺术家吧？蜡液会灌进你的每一个毛孔、覆盖你的每一寸皮肤——嘻！嘻！万代千秋！看着你扭曲的模样，世人将惊叹于我杰出的想象和手艺！嗬！家族昌盛！——接下来就轮到奥邦纳，然后是其他人！

"狗杂种，你还以为我的作品全是蜡像？你还不明白它们为何能长久保存？你还不肯相信我的确去过那些好地方，带回了那些好东西吗？你甚至不敢面对我披上吓人的这套扒来的多维怪的皮！彻头彻尾的懦夫，你只不过看到尊者的照片，甚至回想起它的模样，就能把自己吓死！嘻！嘻！尊者渴求鲜血，鲜血即是生命！"

罗杰斯背靠墙壁，竭力挣脱束缚。

"你瞧，琼斯，如果我让你离开，你能放开我吗？它必须得到大祭司的照料。奥邦纳的养分就足以让它活着，事后我会把他的残躯做成不朽的蜡像，供世人观赏。这份荣誉本来属于你，但你拒绝了。我以后不会再打扰你，放开我吧，纵然你将与它赐予我的力量无缘。噫！噫！伟哉阑－提戈斯！松绑！松绑！门扉之内，古神饥渴难忍，逝去不能复生。嗬！嗬！松绑！"

　　琼斯只是摇头，这些狂言妄想令他反胃。罗杰斯狂乱地盯着挂锁锁住的大门，反复用头撞砖墙，被紧缚的腿脚也使劲蹬踢。琼斯担心他伤到自己，上前试图固定，他却拼命挪开，不肯就范，口中发出一连串荒悖错乱、令人血液凝结的号啕。那可怕而尖厉的嗓音几能刺破耳膜，似乎不可能出自人类的喉咙——这样下去倒不必找电话求助了，就算这片荒废的仓库区没有正经住户，治安官也很快会被引来。

　　"杂哩－利哒！杂哩－利哒！"疯子号叫，"利咔那，哈那，婆诃——唵，阑－提戈斯——克苏鲁，喁旮艮——哒！哒！哒！哒！——阑－提戈斯！阑－提戈斯！阑－提戈斯！"

　　被捆住的可怜虫在一片狼藉的地板上拼命蠕动，终于爬到挂锁锁住的厚重木门边，用头"咚咚"撞击。先前的搏斗使得琼斯浑身乏力，实不愿再上前动手。此外，搏斗亦令他的神经格外紧绷，曾在漆黑的陈列厅里感到的不安与焦躁都回来了。罗杰斯及其蜡像馆的方方面面都如此丑陋，如此病态，仿若昭示着生命之外的黑暗深渊！一想到那个用恶魔般的手艺制作的畸形蜡像，此刻潜伏于挂锁锁住的厚重木门后触手可及的黑暗中，他的胃就阵阵翻涌。

　　就在此时，隐约出现了一点动静……这不仅让琼斯打了个冷战，还让他的每根毛发乃至手背上的每根汗毛都在不可名状的惊恐中竖立起来。罗杰斯则停止了号叫和用头撞击厚重木门的动作，他坐直身子、竖起头来，仿佛在侧耳倾听。胜利般的可憎笑容在脸上扩散，他又开始说话，但与之前的厉声号啕不同，这次是字句清楚的嘶哑低语："听，白痴！仔细听！它听见了我，正赶来找我。听到滑道尽头的水池传出的水花声了吗？我把池子挖得很深，这对它有好处。你也知道它是两栖的——你在照片上见过它的鳃。它来自铅灰色的约格斯星，那边的城市建于温暖的深海，在这里它没法站立——它太高了——只能坐着或蹲着。快给我钥匙，我们必须放它出来，朝它匍匐跪拜，再到外面找只狗或猫——甚至找个醉汉——为它补充养分。"

让琼斯彻底陷入混乱的并非疯子的话语，而是其说话方式。那疯狂的低语饱含超越理智的自信与笃定，具有致命的感染力，足以催发听众的想象，将潜伏在厚重木门后的邪恶蜡像视为有机的威胁。琼斯怀着这不洁的念头紧盯木门，这才注意到门板虽无暴力破坏迹象，却无端有着许多细小裂缝。他不禁猜测门后的房间或密室究竟有多大，蜡像又是怎样安放……关于"滑道"和"水池"的妄想此刻变得格外真切。

接下来的一个恐怖瞬间，琼斯完全屏住了呼吸，找来固定罗杰斯的皮带也从无力的双手中滑落，从头到脚浑若被雷击一般。他早该知道，这地方会像逼疯罗杰斯一样逼疯他——或许他已经疯了，确实疯了，因为他产生了比当晚任何时候都更诡异的幻觉。疯子要他倾听门后的水池里神秘怪物的扑水声，而现在，上帝保佑，他真听见了！

罗杰斯看着琼斯脸上惊骇的痉挛，看着他的面孔凝固在恐惧之中，咯咯笑道："终于，白痴，你终于相信了！你终于明白了！你听见它来了！快给我钥匙，白痴，我们必须朝拜它、侍奉它！"

但琼斯已不再理会人类的言语，无论是疯狂的还是理智的。恐惧麻木了神经，使他动弹不得、意识模糊，无数狂野的幻象在无助的脑海中奔腾。门后传来水花声，接着是沉沉的脚步声或拖拽声，就像湿漉漉的大爪子与坚实的地面接触一样。什么东西正在靠近。自那噩梦般的木门裂缝传入鼻孔的是动物的恶臭，与摄政公园的动物园里的兽笼有几分相似。

他再也听不见罗杰斯的声音，整个人呆立于原地，仿佛被真实世界拒绝和排斥，被反常到几近真实的梦境与幻想容纳和吞噬。他似乎听到门后的陌生深渊里传来吸气声或嗅探声，然后突如其来的嘹亮吠叫刺痛了双耳。他弄不清这声音是否来自被捆住的疯子——摇晃的视野中，罗杰斯的模样越来越模糊，而照片里活该遭天谴、不应被人类直视的蜡像却在飘来荡去。那东西有什么权利存在于世？他真的疯了吗？

崭新的证据不断加剧着疯狂。他感到什么东西在摸索挂锁锁住的沉重木门的门闩，在拍打、抓抠、推挤乃至撞击坚固的门板，动静越来越大。伴随着无法忍受的恶臭，门后的动静最终演变为坚定而充满恶意的攻击，犹如攻城锤对付城门，直到一声不祥的断裂……破碎……恶臭滚滚……一块木板掉落……伸出一只末端形似蟹爪的黑色爪子……

"救命！救命！上帝保佑！……啊啊啊啊啊啊啊！……"

而今，琼斯尽最大努力也只能忆起自己突然从恐惧滋生的麻痹中挣脱，疯狂而机械地逃命，过程就像最荒诞的噩梦中毫无理由的瞬间移动：他似乎只一个大步就跳过杂乱无章的工作间，打开后门——那门在他身后"咔"的一声自动关闭和上锁——一步三级地跳上磨损的台阶，又跟没头苍蝇一样冲出阴湿的鹅卵石后院和南华克街的肮脏街道。

记忆到此为止，他不记得自己如何回家，也没有迹象表明召过出租。或许是盲目的本能驱使他遵循了正确路线，跨越滑铁卢桥，穿过河岸街和查令十字街，向北经秣市广场和摄政街，最终回到波特兰大街的家中。无论如何，等他清醒到唤来医生时，身上还穿着蜡像馆的奇装异服。

一星期后，心理医生才允许他下床出门散步。

他没对医生吐露太多，那晚的经历毕竟笼罩在疯狂与梦魇之中，沉默是最合理的选择。他下床后专心查阅自那个恐怖之夜以来积累的报纸，却没发现任何关于蜡像馆的奇闻逸事。那些经历有多少是真的？如何区分真实与幻梦？他是不是在黑暗的陈列厅里走火入魔，以至于凭空狂想出与罗杰斯的生死搏斗？种种匪夷所思的事件若能得到解释，无疑大有助于精神安定。最起码关于"它"——那个蜡像的可憎照片是真的，只有罗杰斯才能创作出那种渎神之物。

足足两周后，他才敢再度踏足南华克街。他专挑上午前去，那是古老而衰败的商铺与仓库区最正常也最有人气的时段。蜡像馆的招牌仍在原处，前门也依旧对外开放。当他鼓起勇气进入时，门卫认出了他，并愉快地点头致意，下方拱顶大厅里的馆员也高兴地摸了摸帽檐。一切似乎只是个梦。但他敢不敢叩开工作间的门，瞧瞧罗杰斯的情况呢？

奥邦纳上前迎接，这人黝黑光滑的面孔露出几分嘲讽意味的冷笑，不过态度还算友好。他用带口音的语调说："早上好，琼斯先生，有一阵儿没见您了。您找罗杰斯先生？很抱歉，先生出门在外，美国那边有紧急业务，嗯，召唤他立刻前去处理。现在蜡像馆由我负责——由我全权负责。我会尽力保持罗杰斯先生的高标准，直到他回来。"

这个外国佬边说边笑，或许是想献殷勤吧，但琼斯不知该如何回应，勉强而含糊地问了问这两周的状况。对方却被他的问题逗乐了，仔细作答道："噢，是的，琼斯先生——上个月28号，出于诸多原因，我清楚记得那天。那天早晨——您知道，我总比罗杰斯先生来得早——我发现工作间一片狼藉，非做大扫除不可。同时还有加工任务，是的，重要的新作品正待进入第二阶段烘焙，担子只能由我来挑。

"这个新作品很有挑战性，幸亏我有罗杰斯先生手把手传授的技艺——众所周知，罗杰斯先生是一位伟大的艺术家。他来到蜡像馆，帮我完成了作品——没错，他在物质上的帮助不可或缺——但没来得及迎客就匆忙离去，如我所说，召唤非常紧急。作品的制作过程包含重要的化学反应，制造出相当大的噪声，上头有些司机还以为听到了数次枪响——多有趣的想象！

"这个新作品完成后出了些状况，但它确实是件杰作，完美展现了罗杰斯先生天才的设计与手艺。他回来后想必会设法处理那些状况。"

奥邦纳笑着继续：

"一切只怪警官们大惊小怪。一星期前，咱们展出新作品，立即导致两三起昏厥，有个可怜的家伙甚至在它面前癫痫发作。您瞧，它不过是表现力比其他展品稍强烈一点，体积也大了一些，可它当然是被摆放在仅限成人参观的特殊房间里。第二天，苏格兰场就来了两个当差的，他们检查后声称这个新作品过于病态，不适合展出，要我们把它移除。对于杰出的艺术品，这真是个无礼要求，无奈罗杰斯先生缺席，光凭我不适合向法庭上诉。先生或许也宁可息事宁人——但总需等他回来……等他回来……"

不知为何，琼斯感到汹涌而来的不安与反感，对方却没有打住的意思：

"您是行家，琼斯先生，您有资格鉴赏它。要知道，将来经由罗杰斯先生认可，我们或许会毁掉这个作品，留下巨大的遗憾。"

琼斯产生了一股强烈的冲动，只盼拒绝邀请、转身就跑。然而奥邦纳用艺术家间惺惺相惜的热忱挽住他的胳膊，不由分说地领他来到仅限成人参观、堆满不可名状的怪诞作品的房间。这里现下没有客人，助手微笑着走向远处角落一个被遮住的大壁龛。

"首先，琼斯先生，作品名为《给阑－提戈斯的献祭》。"

琼斯猛地发起抖来，奥邦纳并未在意。

"这个丑陋而巨大的神明出自罗杰斯先生研究的某些晦涩传说——当然，跟罗杰斯先生念念不忘的许多故事一样，都是无稽之谈——它来自外太空，最近三百万年住在北极地区。您会发现，它对待祭品的方式相当独特而残忍，罗杰斯先生用恶魔般的手艺捕捉到了那一刻，甚至捕捉到了受害者的表情。"

琼斯抖得越来越厉害，不得不抓住被布帘遮住的壁龛前的黄铜栏杆。奥邦纳掀开布帘时，他差点伸手阻拦，却又在某种矛盾心绪的作用下犹豫了。外国佬露出胜利者的微笑："请看！"

琼斯握紧栏杆也稳不住身子。

"上帝啊！——老天爷啊！"

蜡像勉力采取蹲姿，仍足有十英尺高，浑身散发出无限宽广而强烈的恶意，以及令人难以置信的恐怖感。它在刻满奇异雕刻的巨大象牙王座上倾身向前，身躯连着六条腿，中间那两条腿下有一摊被扭曲、压扁和碾碎的没有血色的东西。那摊东西的表面密密麻麻遍布创孔，某些地方仿佛还遭强酸腐蚀，更诡异的是，它有一个严重损毁、颠倒过来偏向一侧的脑袋，与人类的头部很相似。

对见过那张可怖照片的琼斯而言，蜡像的身份不言而喻——照片极忠实地再现了怪物的外貌，却远不足以表达实物的可怕之处。无论是球形身躯……泡泡状的脑袋……三只鱼眼睛……一英尺的长鼻……鼓胀的鳃……无数如毛细血管、带有角蝰蛇一样的嘴的吮吸器官……六条蜿蜒扭曲的肢体，末端形似蟹爪的黑色爪子——上帝啊！末端形似蟹爪的黑色爪子！

奥邦纳的笑脸如此可憎，直令琼斯窒息，同时他又被这件丑恶展品牢牢吸住了目光，迷惘与困惑在心头泛滥。他到底在不经意间错过了什么骇人的细节，以致不得不继续搜寻、反复查看？这东西逼疯了罗杰斯……如此杰出的艺术家……他说并非所有作品都是用蜡所能实现的……

是了，线索就在被碾碎的蜡制受害者偏向一侧的脑袋上。那颗脑袋依稀能看出人脸的特征，而那张脸并非全然陌生——那是可怜的罗杰斯发狂的面孔。琼斯不由凑得更近，也不明白为何要如此专注。一个自高自大的疯子在满意的作品中留下自己的形象不是很自然吗？除了表达潜意识中汹涌澎湃的恐惧，还能有什么蹊跷之处？

巧夺天工的手艺塑造了被碾轧的蜡制面孔，无数创孔完美复刻了那条可怜的狗的神秘遭遇，但还有一个细节：蜡像的左脸有一道并不规则、显然在计划之外的长线条，似是作者无力补救初次塑形时的缺陷。琼斯观察得越久，个中暗示就越让他心惊肉跳，直到突然想起那晚的经过。那个让人不寒而栗的夜晚……那场殊死搏斗……被捆住的疯子……罗杰斯的左脸有一道又深又长的抓伤……

琼斯松开死死抓住栏杆的手，彻底晕了过去。

奥邦纳笑意不减。

H.P. 洛夫克拉夫特与海泽尔·希尔德 合著

穿越万古

（在马萨诸塞州波士顿市卡伯特考古博物馆已故馆长理查德·H.约翰逊
博士的遗物中发现的手稿）

（一）

波士顿居民——以及其他地方警醒的读者——想必对卡伯特博物馆的诸般怪事留下了难以磨灭的印象。报纸公开报道了那具令人毛骨悚然的干尸，罗列了与之相关的年代久远而隐晦可怖的传说，并记录了1932年风靡一时的病态热潮和邪教行为，加上当年12月1日两名入侵者的骇人遭遇。种种事态共同组成了一桩经典的未解之谜，势必衍生为代代相传的都市奇谈，并为无数可怕的阴谋论提供核心论据。

同时，某些蛛丝马迹也让人们意识到，纵然报道已十分恐怖，却依旧掩盖了整件事最重要且最让人不寒而栗的部分。一个绕不开的问题便是两名死者之一的尸检状况被刻意遗漏或忽略，那具干尸后来的异常变化也照此处理，尽管这些内容无疑能让新闻更加劲爆。最让人称奇的是，干尸再没被放回展柜，在剥制术已趋完备的当下，因藏品解体而搁置展览的借口显得苍白无力。

身为馆长，我自能揭露所有被掩盖的事实，但有生之年都不会这样做。恐怖事件发生后，我与博物馆的诸位同事，以及牵涉其中的医生、记者和警察达成共识：大千世界与浩渺宇宙中有些东西不宜为芸芸众生知晓。然而某些东西在科学和历史领域意义重大，倘若完全失载，着实不合情理，因此我为后世的严肃学者留下了这份记录。我将它与其他各类文件放在一起，留待身后供人检阅，其命运将由遗嘱执行者决定。最近数周来，实实在在的威胁和频发的异常事件令我意识到自己和博物馆的同事们已有性命之忧——某些根深叶茂、行事诡秘的邪教团体盯上了我们，其成员多为亚洲人和波利尼西亚人，还混杂了其他来源复杂的神秘狂信徒——或许不用太久，就轮到遗嘱执行者来完成工作了。

（遗嘱执行者注：约翰逊博士于 1933 年 4 月 22 日去世，死因为神秘的突发性心脏衰竭。博物馆的标本剥制师温特沃斯·摩尔于 3 月中旬失踪。同年 2 月 18 日，曾主持本案解剖工作的威廉·米诺医生被人从背后刺伤，次日不治身亡。）

我认为恐怖事件的真正发端可追溯到 1879 年——早在我接任馆长之前——彼时博物馆从东方船运公司购得一具形容瘆人、莫可名状的干尸，其发掘过程既充满不祥意味，又古怪得不可思议：它来自太平洋海底突然升起的一小块陆地，某个源头无法查证、年代久远难测的地窖。

1878 年 5 月 11 日，由新西兰惠灵顿起航前往智利瓦尔帕莱索的"波江座号"货轮上，船长查尔斯·韦瑟比发现了一座所有海图都未曾标注的岛屿。它显然是由火山喷发而形成的，就像个突兀地耸立于波涛之上的截锥体。韦瑟比船长率队登陆，登陆队脚边坑洼不平的烂泥斜坡有长年水浸的痕迹，坡顶则不乏近期地震造成的破坏。瓦砾堆下的巨石明显经过人工雕凿，稍加调查即可探知其与某些太平洋岛屿上的史前巨石阵存在关联，后者在考古学上迄今仍是个谜。

水手们后来进入了一个巨石地窖——据推测，地窖原位于地下极深处，乃是更宏伟的建筑的组成部分——那具可怕的干尸就蜷缩在角落里。一行人慌乱了一阵——部分原因是看到墙上的雕刻——最后强忍着触碰尸体的恐惧和厌恶将它运回了船上。发现干尸时，其近旁有个未知金属铸成的圆筒，原本很可能是塞在衣服里的。筒内有一卷青白色薄膜，材质同样未知，上面画着奇特的灰色符号，颜料成分亦无法确定。宽敞的石地板中央似乎有扇活板门，但水手们无力打开它。

当时刚成立不久的卡伯特博物馆获知这项发现的简报后，立刻着手接收干尸和圆筒。皮克曼馆长亲自前往瓦尔帕莱索，装备了一艘纵帆船，企图深入探索出土木乃伊的地窖，却无功而返。因他召集的探险队抵达岛屿所在地时，只见到一望无际的大海，想来地震的威力既能将岛屿推出海面，势必能将其带回幽深的海底，继续万古的沉寂。那扇难以打开的地板门隐藏的秘密就此不得而知，好在干尸和圆筒留了下来，前者更于 1879 年 11 月初起在博物馆的木乃伊展厅展出。

卡伯特考古博物馆的主业是收集各种古代文明和未知文明的遗物——划归艺术品范畴的除外——其规模不大、名气也小，但在科学界地位甚高。馆址位于波士顿笔架山高级街区的中心地段，就在弗农山街毗邻欢乐街的地方，主建筑原为私人府邸（由布尔芬奇设计，落成于 1819 年），改造时在后方拓出了一翼厢房。博物馆长久以来广受周边正派邻居们的尊敬，直到因最近的恐怖事件而背负恶名。

木乃伊展厅位于博物馆二楼西侧，历史学家和人类学家公认其中的藏品冠绝全美。这里不但陈列有埃及各经典时期由松香布包裹的木乃伊——从最早自萨卡拉出土的标本，到八世纪科普特人最后的尝试——还有大量其他文化的干尸，譬如不久前在阿留申群岛发现的史前印第安人样本，庞培城遗址的灰烬下那些悲惨的空穴中石膏包裹的狰狞尸首；以及世界各地采矿或进行其他挖掘活动时遭遇的天然干尸，它们多因临终时的痛苦而摆出怪诞姿势，样貌相当吓人。总而言之，这里的藏品应有尽有，纵然 1879 年时不及现在丰富，那也十分可观。然而自短暂浮起的岛屿的巨石地窖中找到的重量级标本，又在所有藏品中最为突出，亦包裹着最深厚的疑云。

干尸为中等体格、未知种族的男性，呈罕见的屈肢蜷缩姿。它爪子一样的双手半掩脸庞，下巴用力前探，干枯的面孔露出极度惊恐的神情，令观者无不动容。它残存了一些发丝和胡须，紧闭的双眼眼睑包裹着明显鼓胀凸出的眼球。整具尸体泛着暗淡的中性灰色，个别饱受岁月摧残的部分已然朽烂，而介于石头与皮革之间的质地让探究防腐措施的专家们百思不得其解。奇特的织物碎片挂在干尸身上，织物上的纹路亦前所未见。

让它显得如此可怕又可憎的缘由很难解释明白。首先，观察者盯着它，会微妙而暧昧地感受到深邃无垠的岁月和全然陌生的氛围，仿佛站在巨大深渊的边缘注视神妙莫测的黑暗；更要紧的则是那张皱皱巴巴、下巴前探、半遮半掩的脸上强烈的惊恐，那种歇斯底里的感情创伤似乎传递着人类之外玄奥的宇宙恶意，引发了重重疑惑与揣测。

在经常光顾卡伯特博物馆的学者小圈子里，被遗忘的上古世界留下的这件遗物很快得到了恶名，所幸本馆的低调原则和避世方针没让其像"卡迪夫巨人"之流一样广为人知。在上个世纪，轻率浮夸的作风还未如今时这般染指学术领域，各领域的学者都认真鉴定过这具可怕的干尸，可惜无人成功。流行的看法相信干尸源自太平洋地区某个早期文明，与复活节岛的石像和波纳佩岛及南马都尔岛的巨石建筑系出同门。学术期刊刊登了五花八门乃至互相抵牾的推论，普遍认为南太平洋曾有一片大陆，美拉尼西亚和波利尼西亚的众多岛屿就是该大陆的残留部分。关于这个假想中的消失文明——或大陆——的存在时期同样众说纷纭，教人迷惑之余不由得啧啧称奇，但不可否认，在塔希提和其他一些岛屿的神话中的确存在出人意料的线索。

与此同时，那个被小心保管在博物馆藏书室中的古怪圆筒，及筒内材质神秘、写有奇特符号的卷轴也得到相应关注。毋庸置疑，它们与干尸联系紧密，解开它们的谜团多半能让可怕干尸的谜团也迎刃而解。圆筒长约四英寸，直径八分之七英寸，化学分析对那种未知的虹色金属束手无策，一应试剂均无反应。筒口紧贴着相同材质的盖子，筒身雕刻着或许有象征意义的装饰花纹，花纹图案遵循某种极其古怪、似是而非、难以言表的几何规律。

圆筒内的卷轴同样教人大惑不解，那是一张材质不明的青白色平整薄膜，细细的"轴杆"则采用与圆筒相同的金属制成。卷轴展开约两英尺，中央似有单独一列粗体象形文字，然而不但书写（或涂抹？）所用的颜料无法分析，文字本身也是语言学家和古文书学家从未见过的，相关领域的在世专家都收到了照片副本，却无人能解读内容。

的确，个别学者——几乎都是对神秘学及巫术方面文献感兴趣的人——发现卷轴上某些文字隐隐与几本极其晦涩难懂的古书中描述或引用的远古符号雷同，包括据传从被遗忘的终北大陆流传下来的《埃波恩之书》、史前时代的《奈克特断章》及阿拉伯狂人阿卜杜勒·阿尔哈扎德的怪诞禁书《死灵之书》。但这些相似性无不存在争论，加上知识界对神秘学的评价素来不高，因而本馆从未将文字副本交予神秘主义领域的专家传阅——真是令人扼腕叹息，若能早些做到这一步，此后的发展想必会大不一样。任谁读过冯·容兹那部可怕的《不可言说的教派》，再扫一眼这些象形文字，即能发现其中显而易见的关联。无奈当初那部亵渎之作的读者少得可怜，其副本存世无几，因两个版本——杜塞尔多夫原版（1839年）和布莱德维尔译本（1845年）——均屡遭查禁，直至1909年才由金妖精社删改后再版重印。就这样，等到最近哗众取宠的新闻报道铺天盖地而来，知晓上古奥秘的神秘学家或研究者们才注意到这张怪异的卷轴，而此时恐怖事件已不可避免地渐入高潮了。

（二）

可怕的太平洋干尸在博物馆平安度过了半个世纪，土生土长的波士顿人知道这件毛骨悚然的展品，但仅此而已；而经过长达十年徒劳无获地探究，圆筒和卷轴都被束之高阁。卡伯特博物馆是如此低调保守，记者和专栏作家从未想过跑来这里找寻吸引眼球的材料，扰乱这里的平静。

媒体的大肆入侵始自 1931 年春。当年，本馆购得从法国亚维涅那座恶名昭彰、几乎倒塌殆尽的弗奥斯弗莱芒斯城堡的地下室出土的若干奇物，及一些用难以解释的方式保存的尸体。这场著名收购让卡伯特博物馆出现在新闻专栏的醒目位置上，《波士顿文汇报》秉承其"一线快报"的信条，特地派来一位周日专栏作者跟进报道，顺带对博物馆做一番添油加醋的介绍。这位名为斯图尔特·雷诺兹的青年的首要任务是渲染博物馆的新进藏品，但他认定无名干尸更有挖掘潜力。原来雷诺兹对神智学有所涉猎，又醉心于丘奇沃德上校和路易斯·斯潘斯等作家对失落的大陆和被遗忘的原始文明的假说，因而格外重视无名干尸这种上古遗物。

这位记者在博物馆内没完没了地提问，其中不乏惹人厌的蠢问题，他还频频要求馆方挪动密封的藏品，以便从一些特殊角度取景。在地下藏书室，他盯着古怪的金属圆筒和圆筒里的薄膜卷轴不放，不但从各方向拍下无数照片，还巨细无遗地照出每一个怪异的象形文字的细节。他索要所有与史前文明和沉没大陆相关的文献，做了三小时笔记后匆匆赶往剑桥市，想着（若能得到许可）一睹怀德纳图书馆收藏的邪恶禁书《死灵之书》。

4月5日，《支柱报》周日版刊登了雷诺兹的专栏，其文字风格尤为媚俗幼稚，配上大量干尸、圆筒和文字卷轴的照片，正是该报吸引不够成熟的大众读者的惯用手法。虽然文章漏洞百出、夸大其词、哗众取宠，却不幸成为浮躁愚昧的公共热点，于是宁静的博物馆人满为患，庄重的走廊承受着此前不曾有过的吵闹喧嚣和空洞目光。

当然，游客中亦有因偶然翻阅《支柱报》而被吸引来的有识之士，文章固然浅薄，照片却有说服力。我记得当年11月有个非常古怪的家伙来访，此人皮肤黝黑，裹着包头巾，蓄有茂密胡须，语速缓慢且不自然，面孔木讷而无表情，笨拙的双手还套着滑稽的白色连指手套。这位仁兄自称"查多普特拉导师"，留下的住址位于肮脏的伦敦西区，他对神秘传说的博闻强记令人惊叹，而他发现卷轴上的象形文字与某个他了解颇深的、被遗忘的古老世界的特定标志或符号有重大渊源，为此深受触动、感慨不已。

其实早在6月前后，干尸与卷轴的名声已远播波士顿之外，世界各地的神秘学家和神秘事件研究者纷纷向博物馆打听和索取照片。馆员们虽不以为然——这里毕竟是科学机构，不擅长应付狂热的梦想家——但还是礼貌地答应了所有请求。知无不言的后果，就是《神秘学评论》上登出了一篇由著名新奥尔良神秘学家艾蒂安－劳伦特·德·马里尼撰写的、学术价值极高的文章，文中明确揭示虹色金属圆筒上某些奇怪的几何图案，以及薄膜卷轴上某些象形文字，与冯·容兹在可怕的禁书《黑皮书》——或称《不可言说的教派》——中再现的那些符号有着骇然的关联（该书再现的符号或抄录自远古巨岩，或得自某些地下学者和狂信徒举行的秘密仪式）。

德·马里尼回顾了1840年冯·容兹的惨死，点评了其信息来源的诸多疑点和可怕之处。冯·容兹死于那部耸人听闻的著作于杜塞尔多夫出版一年后。更重要的是，他指出冯·容兹整理了一整套上古传说，用来串联经其手再现的绝大多数诡异符号，而那些传说里明确提到的圆筒与卷轴显然跟博物馆的藏品颇为相似。当然，传说往往极尽夸张荒诞之能事，它们跨越了亘古的岁月，诉说着被遗忘的上古世界的奇闻，容易教人击节赞叹，可信度却往往堪忧。

但公众喜欢这种故事，于是　时间洛阳纸贵，带插图的普及文章如雨后春笋到处涌现，争相讲述——或自称讲述——《黑皮书》中的各种传奇。它们着力渲染干尸的恐怖，比较圆筒图案、卷轴文字与冯·容兹再现的符号的异同，并得出最耸人听闻、最荒谬可笑和最不负责任的理论与推测。博物馆的游客增长到原来的三倍，还收到数不胜数的信件，虽然大多空洞无聊，却也证明这件事引起了多么广泛的兴趣。1931年至1932年，在喜欢奇思妙想的部分民众中，干尸及其起源的话题热度显然与大萧条不相伯仲。就我个人而言，轰动带来的主要效应是促使我阅读了冯·容兹的那部奇书——纵然只是金妖精社的删节版——细读令我头晕目眩、阵阵反胃，不由得庆幸接触的并非远为丑恶的全本。

（三）

《黑皮书》再现的符号的确与圆筒图案、卷轴文字属同一体系，相关的传奇故事亦教人心驰神往、敬畏不已。古老的传说跨越了岁月的鸿沟，抛开我们熟知的文明、种族和陆地，围绕着一个早已覆灭的国家与一片早已沉没的大陆，再现了迷雾重重、恍若神话的黎明纪元……那片大陆有时被称作姆大陆，用原始纳卡尔语书写的古老石碑声称它繁盛于距今二十万年前，彼时欧洲大陆只有一些混血族群，而失落的终北大陆兴起了对黑色不定形的撒托古亚不可名状的崇拜。

传说中的王国（或省份）"科纳"的所在地非常古老，最先登陆的人类发现了巨大的废墟，证明当地曾有居民——似乎有几拨未知的存在曾自群星降临，在被遗忘的世界之初于此度过了漫长岁月。科纳亦是圣地，光秃秃的玄武岩山峰雅迪斯－戈在它境内孤高孑立、直冲天宇，山顶坐落着巍峨的巨石堡垒，那是由远早于人类——甚至早在地球出现生命前——来自黑暗约格斯星的异类殖民者建造的。

约格斯星来客已于千万年前灭绝，但留下一个畸形可怕、永生不死的活物，便是它们供奉的邪神或恶魔：迦塔诺托亚。它藏身在雅迪斯－戈山峰的堡垒下深邃的地窖之中，永远蠢蠢欲动。人类不曾爬上雅迪斯－戈山峰，自然无法近距离观察山顶亵渎的堡垒，只是遥望着天空下它那违背几何原理的反常轮廓，但大部分人依然认为迦塔诺托亚还在那里，于巨石高墙下无从测量的深渊中翻滚、挖掘。有人坚信必须向它献祭，否则它便会爬出藏身地，蠕行破坏人类的世界，就像破坏约格斯星来客的太古世界那样。

相传若不献上牺牲，迦塔诺托亚便会钻到天光照耀的地方，滑下雅迪斯－戈的玄武岩峭壁，所经之处无人幸免，因为任何活物若是目睹迦塔诺托亚——或其形象无论多小的完美复制品——都会发生比死亡更恐怖的变化。约格斯星来客留下的故事在这点上高度一致：只要看到这位神祇的本尊或分身，躯体就会以难以置信的方式麻痹、僵硬，外部变成石头和皮革，脑子却永恒不腐。也就是说，受害者的意识将以最可怖的方式被囚禁起来，清醒而绝望地感受到无尽的时间在体外流逝，却无法动弹分毫，直至岁月或意外事故最终摧毁僵硬的外壳，让内部组织暴露在外，方能一死了之。当然，绝大部分大脑等不到漫长的解脱到来就崩溃发疯了。据说，其实没人真正见过迦塔诺托亚，但它对人类的威胁和对约格斯星来客是一样的。

科纳由此诞生了崇拜迦塔诺托亚的教团，每年祭献十二名年轻战士和十二名年轻处女。牺牲品会被带到山脚下的大理石神庙燃烧的祭坛上，毕竟没人敢爬上雅迪斯－戈的玄武岩峭壁，接近山顶的上古巨石堡垒。迦塔诺托亚祭司享受着各种特权，因为只有他们能阻止迦塔诺托亚钻出幽深的地底大肆破坏，保护科纳乃至整个姆大陆。

这位黑暗之神在大陆上拥有一百名祭司，统领他们的是大祭司伊马西－莫，其人在纳斯节庆典中甚至可以走在塔波恩国王前面，进入道里克圣殿时，国王必须跪拜，他却能傲然挺立。这些祭司各自拥有一栋大理石宅邸、一箱金子、两百名奴隶和一百名侍妾，不受世俗法律约束，除开国王身边的祭司，能决定科纳全境任何人的生死。尽管拥有这些守护者，人们还是惴惴不安，唯恐迦塔诺托亚会悄悄爬出深渊，满怀恶意地滑下山峦，为世界带来灾难。在后来的年月里，迦塔诺托亚教团甚至不得不禁止人们猜测或想象它恐怖的模样。

在红月之年（据冯·容兹估算是公元前 173148 年），终有一人挺身而出反抗迦塔诺托亚及其无言的暴政。这位胆大妄为的叛逆者就是莎布·尼古拉丝的大祭司、子孙繁茂的山羊之铜神庙的守护者约戈。约戈仔细考察各路神祇的威能，得到许多奇特的梦境和启示，通晓现世与上古的生命奥义。他最终确定友善的诸神会帮助人类对抗邪神，相信莎布·尼古拉丝、纳戈、耶布乃至蛇神耶格都准备袒护世人，惩罚迦塔诺托亚的骄横与暴虐。

在母亲神的指引下，约戈以其教团使用的纳卡尔祭祀语写下一个奇特的咒式，预计持有它即能免疫黑暗之神的僵化之力。凭借这重神奇的保护和自身的勇气，他打算爬上可怕的玄武岩峭壁，成为进入传闻中迦塔诺托亚藏身的巨石堡垒的第一人。有莎布·尼古拉丝及其诸子的护佑，他有信心面对并降伏邪神，将人类从长久的恐惧中解放出来。当然，这也能让他得到无上的个人荣誉，迦塔诺托亚祭司享受的特权都会转移给他，王位乃至神格亦触手可及。

约戈的防御咒式写在蒲萨贡薄膜（冯·容兹说这是现已灭绝的亚科斯蜥蜴的内皮）制作的卷轴上，封入拉儿夫金属制作的雕花圆筒中，此金属由约格斯星太古来客携来，地球上任何矿脉都不曾见。他将这枚护身符放入袍中，以克制迦塔诺托亚的邪术，倘若庞大的黑暗之神真的爬出地窖、为祸世间，护身符还能复原被它僵化的受害者。就这样，约戈准备登上人人避之唯恐不及的山峰，进入建筑角度奇异的巨石堡垒，在邪魔的巢穴中直面邪魔。他无从想象接下来会发生什么，但成为救世主、给人类带来希望的念头坚定不移。

可他没料到凭借迦塔诺托亚作威作福的祭司们会如此自私和嫉妒。他们害怕邪神被废黜后其教团失去地位与权势，因此一听到约戈的计划，便立刻散播夸张的谣言，将其贬为亵渎之举。他们坚称人类无法胜过迦塔诺托亚，任何对抗行为只会招致最残酷的报复，届时所有咒语巫术都无济于事。祭司们以为这套说辞能让约戈失去人心，不承想人民已对迦塔诺托亚厌憎至极，打心底里盼望约戈的大胆尝试和坚定信仰能为国家带来自由，一切阻挠都无济于事。就连素来被祭司们操控于掌中的国王，也拒绝阻挡约戈的无畏之旅。

公开反对无效，迦塔诺托亚祭司只能求助于阴谋诡计。某夜，大祭司伊玛西-莫潜入约戈的神庙寝室，趁其熟睡时偷拿了金属圆筒，悄悄抽出其中的护身卷轴，替换为只有极细微差别但足以使它对神祇或邪魔的威能无所作为的赝品。伊玛西-莫心满意足地将圆筒放回熟睡的约戈的袍中，深知对方不太可能反复检查内容。叛逆者自以为有真正的卷轴护身，势必将盲目地前往圣山、踏入禁地，迦塔诺托亚将毫无阻挠地干掉他。

于是迦塔诺托亚的祭司们停止了反对，放任约戈上路，听其自取灭亡。他们私下收藏起偷来的真品护身卷轴，由大祭司代代相传，以备在祸福难料的未来，万不得已时违抗邪神的意志。当天后半夜，伊玛西－莫将真品卷轴装进另一个圆筒，高枕无忧地入眠。

天火之日（这个名词冯·容兹没给出解释）拂晓，约戈在群众的祷告唱诵中接受了塔波恩国王在他头顶施予的祝福。他右手握住一根特莱西木手杖，动身攀登那可怕的山峰，满以为袍子里的圆筒装着真正的护身符——他的确上当了，也没察觉到伊玛西－莫和其他迦塔诺托亚祭司为他的平安和成功祈祷时流露的讽刺。

整个上午，群众一直伫立目送，看着约戈慢慢缩小的身影攀上人类不曾踏足的禁忌山坡，即使他已沿危险的玄武岩架去到山脊另一面，许多人仍不肯离去。当晚，某些敏感的做梦者似乎听到可憎的山顶在微微颤抖，大多数人对此嗤之以鼻。第二天，群众继续遥望大山祈祷，议论约戈还需多久才会回归。第三天、第四天也同样如此。他们期盼了好几个星期，等待了好几个星期，最后终于哭泣起来，因为立志将人类从恐惧中解放的约戈再未现身。

他们开始为约戈的下场而战栗，不敢设想大不敬所招致的惩罚，迦塔诺托亚祭司则大肆嘲笑那些曾对邪神的旨意愤愤不平乃至质疑献祭的人。许多年后，伊玛西－莫的诡计大白于世，但科纳人的思维业已固化，他们不敢再打扰迦塔诺托亚，真相并不能改变什么。就这样，时光荏苒，国王轮替，大祭司换了一个又一个，无数国家兴亡更迭，大陆升上海面又沉入海底。若干个千年纪后，科纳也迎来毁灭——在一个风暴与闪电交相侵袭的可怕日子，伴随着滚滚雷霆和滔天巨浪，整个姆大陆永远沉入了海底。

但古老的秘密犹如涓涓细水枯而不竭。海洋灾变的幸存者面如死灰地相逢在遥远的异乡，他们重新点燃祭坛，在陌生的天空下祭祀业已消失的神祇与恶魔。谁也说不清圣山以及可怕的迦塔诺托亚栖身的巨石堡垒到底沉在哪里，但依然有人默念它的名号，向它献上无名的牺牲，唯恐它冒着气泡浮出海底深渊，摇摇摆摆地用僵化的诅咒为祸人间。

散布各地的祭司们逐渐结成一个黑暗而神秘的教派，他们不敢公开活动，因其他大陆的人民信仰不同的神魔，并将天外降临的存在和太初时期的古神视为亵渎之物。该教派做了许多伤天害理的事，也珍藏着不少奇物。谣传其内部有一特殊世系，代代保存着伊玛西－莫从熟睡的约戈那里偷来、可抵御迦塔诺托亚的真正护身符，尽管保存者亦无法读懂或理解上面的神秘文字，也不知失落的科纳、可怕的雅迪斯－戈山峰和邪神盘踞的巍峨要塞如今位于何方。

该教派主要于昔日姆大陆所在的太平洋地区活动，但据说失落的亚特兰提斯大陆也藏匿着可憎的迦塔诺托亚祭司，险恶的冷原亦有相关线索。冯·容兹暗示该教派甚至存在于昆扬人神奇的地下国度，也有明确证据证明其渗透进了埃及、迦勒底、波斯、中国、非洲被遗忘的闪族帝国乃至新大陆的墨西哥和秘鲁等诸多古文明。根据容兹的说法，迦塔诺托亚祭司与历代教皇多次徒劳下诏、试图在欧洲禁止的巫术活动有紧密联系，幸而它在西方世界发展不顺，因其骇人听闻的仪式和不可名状的献祭激怒了公众，各路分支屡遭摧毁。久而久之，该教派变作人人喊打、只能进行地下活动的邪教，但其核心从未断绝，而是存续在远东和太平洋岛屿，其教义逐渐与波利尼西亚的埃瑞奥伊们掌握的晦涩学识融合。

冯·容兹暧昧又令人不安地提及自己实际接触过该教派，联想到关于他死法的谣言，我不禁有些风声鹤唳。容兹说教派内部对邪神外貌的猜测逐渐增多——虽然除了胆大妄为、一去不回的约戈，没有活人见过那恐怖之物的真容——这显然违背了古代姆大陆上严禁想象神祇的教条。信徒间战战兢兢地流传着诸般阴森而奇诡的说法，他们以病态的好奇心描述约戈爬上那座今已沉入海底的骇人山峰、进入恐怖的史前堡垒时迎来的终结（如果那能算终结的话），而德国学者拐弯抹角又冷漠无情的转述方式让我深感苦恼。

冯·容兹对那卷被偷走的、能抵御迦塔诺托亚的卷轴的下落及其最终用途的猜想，同样让我心绪难平。尽管我打心底认为整件事纯属虚构，却不免战战兢兢地想象庞大的邪神突然降临，将人类变成一堆怪诞雕像，每颗鲜活的大脑都被囚禁起来，清醒而无助地度过未来的无穷岁月。这位杜塞尔多夫的老学究很懂得用弦外之音来吓唬人，我开始明白他这部天杀的著作为何会在许多国家被扣上亵渎、危险和不洁的罪名，而屡遭查禁了。

厌恶归厌恶，我无法否认《黑皮书》具有独特的污秽魅力。书中再现的符号和文字来自所谓姆大陆，与奇怪的圆筒图案和卷轴文字极其肖似，容兹的叙述中更包含大量虽然模糊，却的确能与那具可怕干尸产生联系的细节。圆筒和卷轴，太平洋上浮起的岛屿……老韦瑟比船长坚称，干尸是在一座宏伟建筑下的巨石地窖中找到的……我竟有点庆幸，那扇隐藏着巨大秘密的活板门没被打开，火山岛就沉没了。

（四）

阅读《黑皮书》增强了我对层出不穷的新闻报道，以及周围自1932 年春开始接二连三发生的怪事的承受能力。不知从何时起，警察疲于应付来自东方或其他地区的浮夸又诡异的宗教团体，无论如何，至迟五六月间我已注意到，全世界那些向来低调、不为人知、古怪离奇、闻所未闻的神秘组织都异乎寻常地活跃起来。

我并未立刻把新闻报道与冯·容兹留下的暗示，或博物馆里大受追捧的干尸及圆筒联系起来，但媒体耸人听闻地渲染形形色色的秘密团伙的祭祀仪式和祈祷用语，其中频繁重复着几个惊人的音节，这不但引起公众关注，更使我焦虑地意识到这是一个名字的不同污秽版本。这个名字似是邪教信仰的核心，教徒们对之明显怀有崇敬和畏惧，其发音包括"迦塔塔""塔诺塔""托塔托""迦诺亚""卡塔诺"——我无须向如今已广泛联络的众多神秘学家讨教，一眼便能看出这些音节跟冯·容兹口中的可怖名讳"迦塔诺托亚"

之间存在密切而丑恶的联系。

令人惶恐之处不止于此，报道中还一次次教我哑口无言地隐约提及"真正的卷轴"，称其关系重大，且由不知是人是物的"纳迦布"保管；另一个不断被提起的名词听起来像"约勾""约科""尤格""尤布"或"右布"，越发敏感的我自将其与《黑皮书》中倒霉的叛逆者约戈联系了起来，该名词又通常和一些别有深意的短句共同出现，诸如"那定然是他""他看到了它""无感无视但明了一切""穿越万古的记忆""真正的卷轴能解放他""纳迦布保管着真正的卷轴"以及"他知道去哪里找它"，等等。

当时的气氛无疑十分诡异，竟使得与我保持通信的神秘学家和追逐热点的周日专栏不约而同地认为，社会上的反常骚动不但和姆大陆传说有关，还牵涉着如今曝光度大增的可怕干尸。第一拨炒作诞生的文章曾被广泛传播，行文内迫不及待地将干尸、圆筒、卷轴及《黑皮书》中的传奇联系在一起，并对整件事做出异想天开的猜测，因此很可能唤醒了潜伏于错综复杂的现代世界之下的诸多偏执的狂信组织。更糟的是，报纸还在不断火上浇油，涉及教团活动的文字变得越发荒唐了。

到了夏季，最初的热潮刚告消退，第二拨突然又起，馆员们在蜂拥而来的人潮中发现了新的蹊跷之处——陌生的异国面孔越来越多，其中包括皮肤黝黑的亚洲人，蓄有长发的未知种群，还有留着胡须、显然不习惯欧美服装的棕色人种。这些古怪的外国佬总会第一时间询问木乃伊展厅的位置，然后走火入魔般盯着那具可怕的太平洋干尸不放。馆内保安纷纷感到某种阴险的怪事正在悄然发生，我也无法泰然处之。我无法遏制地联想到外国佬中风行的邪教活动，那些神秘的活动与可怕的干尸，以及圆筒、卷轴之间似乎存在某种联系。

我几度想把干尸撤展——尤其当一名馆员报告多次发现陌生人在干尸面前施行奇怪的礼仪，还在游客减少后，无意中听到他们发出唱诵般的呢喃，仿佛在冲它吟唱或举行仪式。一名神经紧张的保安对单独放置在长玻璃柜里的僵硬干尸产生了奇怪的幻觉，他声称干尸那怪异扭曲、瘦骨嶙峋的手掌和极度惊恐的皮革面孔发生了变化，日复一日、极其细微、难以察觉的变化。他甚至无法摆脱一个毛骨悚然的念头，即那双鼓胀凸出的可怖眼睛有朝一日会猛然睁开。

9月初，好奇的游客再度减少，木乃伊展厅有时变得人迹寥落，于是发生了割开展柜玻璃、试图接触干尸的恶性事件。作案者是个黑肤的波利尼西亚人，万幸一名警惕的保安在他造成破坏前将他制服。经审问得知，此人来自夏威夷，属于某个地下宗教团体，素来劣迹斑斑，因涉嫌变态和反人类的献祭及仪式在警局留有案底。于其住处发现的一些文件既述惑难解又教人不安，因那些纸上写满的符号与博物馆卷轴和冯·容兹在《黑皮书》中再现的符号非常相似，但此人始终拒绝回答这方面的问题。

波利尼西亚人作案后不到一周，又有人想接触干尸——这回是试图撬开展柜锁，结果同样被及时擒获。罪犯是个锡兰人，和之前来自夏威夷的家伙一样长期从事卑劣的邪教活动，且同样不肯对警方招供。这起案件最可怕和最让人放心不下之处是，保安在事发前曾多次注意到此人，听到他对着干尸吟诵奇怪的祷词，其中确凿无疑地重复出现了"约戈"。我就此将木乃伊展厅的安保加倍，并要他们盯住那具声名大噪的干尸，不得松懈片刻。

不出意料，媒体对这两起事件大做文章，他们捡起远古姆大陆的传说，大胆断言可怕的干尸即为叛逆者约戈，这位勇士进入史前的巨石堡垒后被见到的东西僵化，以致原封不动地度过了地球最近这动荡的十七万五千年。各路报纸浓墨重彩地强调并一再重申，那两个奇怪的狂信徒信奉着姆大陆流传下来的宗教，他们崇拜那具干尸，乃至想用咒语和祷词唤醒它。

记者们以古老传说中反复提到的、迦塔诺托亚的僵化受害者会保有意识、大脑不受影响这点为基础，肆意发挥出一系列荒谬绝伦、子虚乌有的假说。"真正的卷轴"这一话题也得到相应关注，从约戈身边偷走、可抵御迦塔诺托亚的真正护身符被普遍认为仍存在于世，而邪教成员出于不可告人的目的，正努力让它与约戈接触。多番深入报道引来第三拨凑热闹的游客，他们惊奇地盯着诸般诡谲奇事的元凶——那具可怕干尸——博物馆一时人满为患。

正是这批游客，其中许多人反复造访，把干尸的外表正在隐约变化之事传得沸沸扬扬。尽管那名紧张的保安数月前便有了类似困扰，但依我之见，馆员们对这件奇物多半见惯不怪，反而难以注意其中细节。不管怎样，游客们兴奋的低语让馆方注意到干尸微妙而明确的变化，媒体也几乎同时捕捉到这点，结果自是口无遮拦。

　　我当然高度重视，到10月中旬终于肯定干尸的确在解体。出于空气带来的某种化学或物理影响，干尸那介于石头和皮革之间的表层逐渐松弛下来，致使四肢摆放的角度和被恐惧扭曲的面部细节都有清晰可见的改变——经过长达半世纪的完美存放，这改变着实令人惶恐。我让博物馆的标本剥制师摩尔博士数次仔细检查这具可怕的标本，他指出藏品发生了大范围松弛与软化，为此喷洒了两三种收敛剂，却不敢采取更激进的挽救办法，唯恐造成不可逆损坏，反倒加速腐化。

　　公众对此的反应颇值得玩味。此前媒体每制造一拨热度，都会引来许多瞪大眼睛、叽叽喳喳的游客，但这回报纸对干尸的变化没完没了地添油加醋反而催生了恐慌，以至于压过病态的好奇。人们似乎觉得博物馆中了邪，来访人数遂从高峰陡降到波谷——可人流量减少后，古怪的外国佬却没减少，于是显得格外突出。

　　11月18日，一名有印第安血统的秘鲁人在干尸前突然歇斯底里地狂躁起来——也可能是癫痫发作——他后来在医院病房尖叫道，"他想睁开双眼！——约戈想睁开双眼看我！"此时，我已正式提出将展品撤展，无奈遭到极度保守的董事会阻挠。我能看出，周边安静正派的邻居已开始将博物馆视为邪恶之地，只好顺理成章地禁止游客在可怕的太平洋遗物前长久逗留。

　　11月24日下午五点闭馆后，一名保安注意到干尸的眼睛睁开了一点。其变化非常细微，那双眼睛只露出一条新月状的细缝，稍能窥见角膜，但其可能具有的含义不容小觑。被紧急招来的摩尔博士试图用放大镜调查那一丁点儿暴露的眼球，可他处理干尸的动作导致皮革般的眼皮再次紧紧合上。轻柔的动作无法将其打开，剥制师又不敢采取激烈措施。当他打电话向我汇报时，我心中涌起排山倒海的惧意，直觉地感到此事不若表面所见那么简单——有那么一阵，我甚至泛起了普通民众的感受，想象着某种恶毒的无形灾祸已然爬出时空的无尽深渊，阴森而不怀好意地盘踞在博物馆。

两天后，一名阴沉的菲律宾人妄图藏在馆内伺机行动，结果被逮住扭送警局，但他连姓名都拒绝透露，最后只能当可疑人员扣押。与此同时，对干尸的严格监控似乎吓阻了那帮纠缠不休的外国佬，"禁止逗留"政策实行后，古怪游客的数量明显回落。

12月1日星期四，整件事在这天凌晨突然迎来恐怖的高潮。午夜一时左右，馆内传出极度惊恐、痛苦和可怕的惨叫，邻居们疯狂地打电话报警，一队警察和包括我在内的若干馆员迅速赶到现场。一些警察负责包围博物馆，另一些警察则和馆员一起小心翼翼地进入。我们在中央走廊上发现被勒死的守夜人——东印度麻草编的绳子还缠在他脖子上——这意味着严格的防范措施亦未能阻止一名或多名心狠手辣的入侵者。此时此刻，在坟墓般的寂静中，我们几乎不敢前往关键的二楼西侧——那里无疑是麻烦的源头——直到拉开走廊里的中央开关，让灯光照亮整栋建筑，方才稍事镇定，勉强登上螺旋楼梯，穿过高高的拱廊，进入木乃伊展厅。

（五）

从这里开始，牵扯这起恐怖事件的报道均经过审查处理，我们达成的共识是，后续发展所暗示的谜底不宜公之于众。上文述及，进入木乃伊展厅前，我们让灯光照亮整栋建筑，于是大厅的展示柜被照得闪闪发光，阴森的展品清晰可见……让人目瞪口呆、血液凝结的场面就这样悄无声息地呈现在眼前，种种细节已然超出我们的理解能力。入侵者共有两名，我们后来一致认定他们是闭馆前藏在馆内的。他们谋害了守夜人，但也付出了生命的代价。

入侵者之一是缅甸人，另一个是斐济群岛人，均因参与可憎的邪教活动而留有案底。我们到达时两人均已死去，而我们检查得越细，其死状就显得越发怪异和难以名状。他们死前一定彻底疯了，或因目睹惊悚至极之事而留下骇人的神情，最老到的警察也没见过这场面；另外，两具尸身的状态又有天壤之别。

缅甸人倒在无名干尸的展示柜旁，展柜玻璃已被齐整整切出一个方形洞口。他右手握有一卷青色薄膜，找立刻注意到薄膜上有灰色的象形文字，且与博物馆地下藏书室中那枚古怪圆筒里的卷轴几乎完全一致——后来经过仔细研究，方才发现两者有细微差别。尸体上没有任何暴力痕迹，根据死者绝望又痛苦的扭曲表情判断，我们认为他单纯是被吓死的。

远为恐怖的是紧挨着的斐济人。最先触碰他的警察当即发出瘆人的尖叫，无疑再度惊扰了周边邻居的睡眠……其实，我们打一开始就该高度警惕，那人被恐惧彻底扭曲的面孔和骨瘦如柴的双手（一只手紧攥着手电筒）本应是黝黑的，如今竟变成毫无生气的灰色！警察犹犹豫豫的碰触所揭露的事实让众人惊慌失措，即便现在，我每思及此仍然心惊胆战、胃液上涌。简而言之，这个倒霉的入侵者、这个美拉尼西亚来的家伙或许一小时前还在生龙活虎地筹划不可告人的罪行，现下已变成一尊僵硬的烟灰色雕像，质地介于石头与皮革之间——也就是说，和破开的玻璃柜里蜷着的古老孽物如出一辙。

凌驾于一切恐怖之上的，正是那具可怕干尸目前的状况！我们一进展厅，尚未查看入侵者时，就惊讶万分、不由自主地看向它。它的变化不再像之前那般难以觉察，这回干脆换了个姿势：它的身体奇怪地失去了硬度，瘫软下来，爪子似的双手夺拉开去，完全暴露出极度惊恐的皮革脸，并且——上帝救我！——那双鼓胀的可怖眼睛大大睁开，直瞪着两个被吓死或有更恐怖死因的入侵者。

那双阴森的死鱼眼仿佛拥有诡异的催眠术，始终关注着我们的尸检过程，乃至对我们的精神产生了古怪而可憎的影响，令我们感到似有若无的僵硬感席卷全身，最简单的动作都变得迟钝起来——这种感觉在我们传阅过那张带有象形文字的卷轴后就神奇地消减了。就个人而言，我总是不由自主看向展示柜里鼓胀的可怖眼睛，当我检查完尸体开始调查它们时，发现那漆黑的瞳孔不但保存完好得不可思议，其晶体表面似乎还有点东西。我越看越着迷，便不顾四肢奇怪的麻木感，回办公室取来高倍显微镜贴近细看那双死鱼眼，其他人满怀期待地围在旁边。

有种理论认为，死亡或昏迷前看到的事物和情景会残留在视网膜上，我对此一直存疑，然而透过显微镜观察鼓胀凸出、穿越万古的眼球晶体，我立刻意识到那上头有些不可名状的映像，决非我们所处的展厅。照此理论，古老视网膜上的模糊轮廓应是那双眼睛活着时最后看到的东西——距今不知有几千、几万年！——但那个轮廓似乎在渐渐模糊，我赶紧调节显微镜，叠上更多镜片。映像虽小，但两名被吓死的入侵者用邪术或其他罪恶举动唤出它时，想必是清晰明显的。依靠更高的显微倍数，我看到了许多之前看不到的细节，并转述给周遭众人，他们在敬畏中默默倾听。

1932 年的波士顿城，一介凡人注视着全然陌生和未知的世界，那个世界早已不复存在，并自记忆中湮灭。那是一间巨室——应该是更宏伟的巨石建筑的组成部分——"我"的视角似乎位于某个角落。墙上雕刻如此恐怖，即便映像残缺不全，其中直白的污秽与暴虐仍让我心惊胆战。我不敢相信那些阴险地睨视着我的雕刻是人类的作品，甚至不敢相信它们的作者见过人类。房间正中有扇向上掀开的巨大活板石门，有东西从下面露了出来——那东西原本应当能看清，至少两名被吓死的入侵者撞上刚睁开的双眼时应当能，无奈在我的显微镜下只剩奇形怪状的模糊轮廓。

直到此刻，我用高倍显微镜观察的一直是干尸的右眼。事后看来，我真该就此撒手。然而当时我被探索和解密的热情冲昏了头脑，情不自禁地用显微镜看向左眼，希望能在那边的视网膜上发现消退不那么严重的映像。我的双手不知何故变得莫名笨拙起来，外加兴奋导致的颤抖，好不容易才调好焦距。左眼映像的消退的确没有右眼严重，片刻之后，在某个略微清晰的病态瞬间，我发现在失落世界的巨石地窖里，难以形容的阴毒之物涌出了巨大的活板门——我只含混地尖叫了一声便晕倒在地……综合所见所闻，我并不以此为耻。

等我转醒，可怕干尸的双眼已无清晰映像，警察队长基夫用显微镜证实了这点，而我甚至已无法再面对那不祥的展品。我由衷感谢冥冥中的护佑，没让我更早动用显微镜，而我必须聚起全部决心，外加众人苦苦恳求，才有办法揭露那个病态瞬间的所见。事实上，在全体转移到楼下办公室、远远避开那具不该存在的孽物的视线前，我一句话也说不出——我对干尸本身和它那双鼓胀凸出的眼球晶体产生了深深的惧意和奇特的想象，那双眼睛似乎在邪念驱动下，不但注视着面前发生的一切，还徒劳地妄图跨越时光之渊，传达某些可怕的消息。这想法完全是发疯，没错，也许我不该一个人承受，把隐约看到的东西说出来会好受些。

可说的其实不多。那个从巨石地窖掀开的活板门中渗涌而出的东西，庞大扭曲得令人难以置信，只瞥了一眼，我便不再怀疑其原形之丑恶足以夺人性命。时至今日，我依然无法用言语恰当形容它。硬要说的话，它体形庞大——触须——长鼻——章鱼样的眼睛——变化不定——橡胶质感——身躯部分有鳞片覆盖、部分皱皱巴巴——呃！我实在无力勾勒那个如此污秽不洁、如此教人憎恨、在黑色混沌与无边夜幕中诞生、超乎人类和宇宙常理的禁忌形象。写下这些文字时联想到的景象让我不由得直起身，拼命抵抗阵阵眩晕和恶心，当初在办公室对众人讲述更是费尽了心力，才没有再度晕倒。

在场听众无不动容，整整一刻钟，大家只敢窃窃私语，敬畏乃至有些鬼祟地议论《黑皮书》中的可怕传说、近期邪教骚乱的报道和博物馆频发的古怪案件。迦塔诺托亚……其形象的完美复制品，无论多小都有僵化之力——约戈——被偷走的卷轴——他再未现身——真正的卷轴可完全或部分解除僵化——仍存在于世？——歹毒的邪教——无意中听到的呢喃——"那定然是他"——"他看到了它"——"无感无视但明了一切"——"穿越万古的记忆"——"真正的卷轴能解放他"——"纳迦布保管着真正的卷轴"——"他知道去哪里找它"。直到黎明露出抚慰的鱼肚白，我们方才从恍惚中回归现实，并决定不再谈论我看到的东西。世上有些事的确无法解释也不该去想。

我们只对媒体透露了部分情况，还和各家报纸一起压下其中某些内容。譬如尸检表明，斐济人的脑部和诸多内脏鲜活而未受影响，只是被僵硬的外部躯壳密封包裹住了——这一反常现象令医生们至今仍大惑不解、争论不休，而我们不想引起轰动。传说迦塔诺托亚的僵化受害者有永恒不腐的大脑和清醒的意识，小报对此会如何渲染是不言而喻的。

　　记者们指出一个事实，即拿着象形文字卷轴并显然曾将其从展示柜的切口塞给干尸的人没有僵化，没拿卷轴的人却僵化了。他们要我们做实验，将卷轴分别放到斐济人僵化的尸体和那具古代干尸上，看看会发生什么，但我们断然拒绝了这种煽动迷信的事。干尸被立刻撤展，转移到博物馆藏书室，等待合适的医学权威做真正的科学检查。有了前车之鉴，我们将其严密监管，饶是如此，仍有人在 12 月 5 日凌晨 2 点 55 分试图闯入博物馆。这次入侵被灵敏的防盗系统挫败，可惜罪犯（一个或多个未知）逃之夭夭。

　　不幸中的万幸是多余的信息没传播给公众。我衷心希望事件到此为止，但恐怕实情迟早会泄露出去，倘我真的出了意外，遗嘱执行者说不定就要公开手稿。好在一切大白于天下的将来，公众对此事的记忆已不再鲜明，多半会拒绝相信。这就是大众传播的奇特之处。花边小报捕风捉影时，人们兴趣盎然；血淋淋的反常秘密浮出水面，他们却当谎言一笑置之。从保护理智的角度出发，这也未尝不可。

　　那具可怕的干尸要接受一场科学检查，这场检查被安排在 12 月 8 日，刚好是恐怖事件的高潮过去一周后，由著名的威廉·米诺医生与博物馆的标本剥制师温特沃斯·摩尔科学博士联合主持，米诺医生一周前旁观了诡异的僵化斐济人的解剖过程。列席的其他绅士包括博物馆的财产受托人劳伦斯·卡伯特和达德利·索顿斯托尔，博物馆馆员梅森预读博士、威尔斯和卡弗，两名媒体代表，加上我。之前的一周里，丑恶的标本没有发生肉眼可见的变化，只是肌肉纤维的松弛让那双圆睁的眼球时而微微转动。馆员们都不敢看它——那种仿佛由意识主导的沉静凝视实在让人难以忍受——我本人也下了极大决心，才敢参与这场活动。

下午刚过一点钟，米诺医生到场，旋即对干尸展开全面检查。干尸在检查过程中出现了大规模解体，有鉴于此——结合我关于其自10月初已渐渐松弛的描述——医生决定在标本进一步腐坏前进行彻底解剖。博物馆实验室有合适的全套器具，米诺医生当即动手，他对灰色的僵化表面那奇特的纤维特征惊叹不已。

深入解剖引发了更强烈的惊叹，切口处缓慢流出浓稠的深红色液体，纵然这具可怕的干尸与我们所处的现代有无穷岁月的鸿沟，但那液体绝无认错的可能。医生灵巧精准地动刀，暴露出干尸的各个器官，它们非但没变成石头，还都惊人地保存完好——事实上，除了僵硬的外部躯壳连带造成的一些内部损伤和畸变，其余简直跟活人无二！这些情况与被吓死的斐济人十分相似，动刀的名医困惑得连喘粗气。那双鼓胀凸出、阴森恐怖的眼球堪称完美，它们神妙莫测地盯着人们，完全无法判断是否受到僵化影响。

下午三点三十分，颅骨被打开，十分钟后，瞠目结舌的众人立誓保密，只有像这份记录一样被严格监管的文件才能提及当时的情况。就连两名记者也愿意配合……因为打开的颅腔里，有一颗仍在跳动的鲜活大脑。

H.P.洛夫克拉夫特与海泽尔·希尔德 合著

《克苏鲁的召唤》

1920 年，洛夫克拉夫特在笔记本上写下了这样一段构思："某人来到古物博物馆——要求博物馆接收他刚刚制作的一件浮雕——学识渊博的老管理人笑着说他不可能接收如此现代的东西。那人说'梦比森然的埃及、沉思的斯芬克斯和花园环绕的巴比伦还要古老'，而且他是在梦里完成了这件浮雕。管理人要他出示作品，对方照做后管理人表现出了惊骇的表情，询问对方到底是什么人。对方说了一个现代的名字。'慢着——在这之前。'管理人说道。那人只有在梦中才记得。管理人出了高价，但那人害怕管理人想要摧毁浮雕，提出离谱的价格。管理人要咨询馆长。"[1]

---

[1] 洛夫克拉夫特的灵感笔记历来是很多人感兴趣的内容。这部分内容第一次出版是在 1938 年，巴洛编辑了 45 页的小册子，总印量 75 本。这本册子是后世所有类似出版物的范本。

这段文字是《克苏鲁的召唤》最早的情节构思，原型是洛夫克拉夫特的一个梦境。不过它被搁置了若干年，直到1925年，洛夫克拉夫特开始酝酿本作，并在来年的八九月间完成了这篇作品。经过两次投稿，本作发表在《诡丽幻谭》1928年2月刊。虽然从艺术水平上来讲称不上顶尖，但《克苏鲁的召唤》无疑是洛夫克拉夫特最有名的小说之一，或者说去掉"之一"二字也不为过。作为"克苏鲁神话"这个名字的来源，它的大众知名度超过了其他所有作品。

这篇作品可以视作1917年作品《大衮》的改写，本作的结尾部分基本沿袭了《大衮》的情节模式。洛夫克拉夫特在这篇作品中结合了许多从其他作者的作品和神智学理论中吸收的经验，第一次鲜明地凸显了洛夫克拉夫特式典型风格的基本模式。

《神殿》

《神殿》完成于1920年6月至11月，初次发表在《诡丽幻谭》1925年9月刊，是洛夫克拉夫特在专业杂志上进行初次发表的第一篇小说。这篇作品和《大衮》一样以一战为时代背景，描写主角偶然遇到人类认知之外的古老文明。洛夫克拉夫特曾在信中写道，"阿尔特贝格－埃伦斯泰因伯爵看到的火焰是由数千年前的古老魂灵点燃的巫火"，但从小说文本难以得出这个推论。

《无名之城》

《无名之城》大约完成于 1921 年 1 月下旬，初次发表在业余杂志《狼獾》（*Wolverine*）上。虽然它是作者最喜欢的作品之一，但屡次遭到专业杂志的拒绝。按照洛夫克拉夫特自己所述，这篇作品的灵感源自一个梦，而这个梦又源自邓萨尼勋爵笔下的一句话——"无有回音的漆黑深渊"[1]。这篇作品中第一次出现了阿拉伯疯诗人阿卜杜勒·阿尔哈扎德，被认为是最早的克苏鲁神话作品（也有观点认为《大衮》才是）。本作采用了借浮雕和壁画描述历史的手法，可能对《疯狂山脉》有所影响。

《沙那斯的末日》

1919 年 10 月，洛夫克拉夫特在波士顿听了邓萨尼勋爵的讲座。邓萨尼勋爵对洛夫克拉夫特的早期创作有着深刻的影响。洛夫克拉夫特不仅借鉴了邓萨尼勋爵的伪神话创作模式，还在更深的层面上进行过一些模仿邓萨尼式文风的尝试，成果就是幻梦境作品群。《沙那斯的末日》即是洛夫克拉夫特最早仿写的邓萨尼式作品之一，最初发表在苏格兰业余杂志《斯考特》（*Scot*）的 1920 年 6 月刊，后来在《诡丽幻谭》也有刊登。

---

[1]《三个文士可能的冒险》（*The Probable Adventure of Three Literary Men*）的最后一句话。

洛夫克拉夫特原本认为"沙那斯"这个名字是自己原创的，但后来发现邓萨尼的作品中已经有这个名字。现实中也有叫这个名字的城市，洛夫克拉夫特究竟是如何得出这个名字的，不得而知。

《皮克曼的模特》

《皮克曼的模特》可能完成于 1926 年 9 月，初次发表在《诡丽幻谭》1927 年 10 月刊。这是一篇较为传统的怪奇小说，但有趣的是，它以小说形式表达了一些洛夫克拉夫特在怪奇文学上的美学准则。这篇作品完成后不到一年，文中描写的波士顿老北端区经历了一番规划变革。洛夫克拉夫特就此谈论说："故事里对应的街巷和房子都被彻底夷平了……"[1] 这话似乎暗示皮克曼的画室在现实中原本有对应的地点。1971 年，这篇作品曾被改编为 NBC 电视台恐怖短剧节目《夜间画廊》（*Night Gallery*）里的一集。S.T. 乔希认为本作的创意反过来又受到过这个电视节目的影响。

《＜死灵之书＞的历史（大纲）》

《＜死灵之书＞的历史（大纲）》完全是洛夫克拉夫特开的一场玩笑。它以论文的口吻描述了《死灵之书》的沿袭历史，但实际上内容纯粹是虚构的。这篇文字早在 1927 年就已写就，直到 1937

---

[1] 1927 年 7 月 17 日，洛夫克拉夫特致莉莉安·克拉克的书信。

年 11 月才以"纪念版册子"的名义出版,印刷了 80 本,出版商是威尔逊·谢泼德。

这篇文字可能产生了一些作者也始料未及的影响。原本就有部分读者误以为《死灵之书》是真实存在的,本文的公开出版进一步加剧了这种误解,在一定程度上为今后各路臆造版《死灵之书》提供了土壤。这些臆造版《死灵之书》中的个别版本还流传甚广,产生了相当的负面影响。洛夫克拉夫特曾在书信中说过:"如果有人试图写一本《死灵之书》,这一定会让那些因神秘的书中引文而瑟瑟发抖的人非常失望。"还是让《死灵之书》继续笼罩在迷雾中比较好。

林·卡特相信《死灵之书》的灵感源于罗伯特·威廉·钱伯斯的虚构书籍《黄衣王》,但洛夫克拉夫特直到 1927 年才读到钱伯斯的作品,而这个名字早在 1921 年的作品《猎犬》中就已经出现。

《古籍》

《古籍》是一篇没有完成的断章,标题是巴洛整理文稿时赋予的。巴洛将它的创作日期定在 1934 年,不过根据 S.T. 乔希的考证,更确切的日期可能是 1933 年年末。当时洛夫克拉夫特陷入了创作的低谷期,进行了许多写作试验,想要探求突破口。这些试验性作品大多被销毁了,本作可能是幸存下来的试验品之一。

《他》

　　和索尼娅·格林结婚后，洛夫克拉夫特跟随妻子来到纽约生活。面对这座人种混杂的现代都市，洛夫克拉夫特实在感受不到它的魅力。1925 年 8 月 10 日至 11 日，洛夫克拉夫特独自游历了纽约市的许多城区，在 10 日晚完成了《他》，发表在《诡丽幻谭》1926 年 9 月刊。这篇作品集中体现了他对纽约市的厌恶之情：缺乏古典美感的现代建筑和随处可见的外国人。

《红钩街区恐怖事件》

　　《红钩街区恐怖事件》创作于 1925 年 8 月 1 日至 2 日，发表在《诡丽幻谭》1927 年 1 月刊。本作和《他》一样，都集中体现了洛夫克拉夫特对外国人的反感。当时红钩区是纽约最混乱的贫民区之一，许多底层外国人聚集于此。依照日记记载，洛夫克拉夫特在当年的 3 月 8 日到过红钩区。根据格林夫人的回忆，本作的灵感契机可能是一次糟糕的聚餐体验。某天晚上，洛夫克拉夫特和几位朋友在一家餐馆里用餐，一群粗鲁吵闹的家伙走进餐馆，让洛夫克拉夫特非常恼火。这次事件或许让洛夫克拉夫特对纽约市环境的不满积累到了某种峰值，写下了这篇作品。

　　根据纽约市公共图书馆馆藏的一份手稿，本作原本题名《罗伯特·苏伊丹事件》（*The Case of Robert Suydam*）。文中咒语都是从

《大英百科全书》的"魔法""恶魔学"等条目抄录的。

《冷气》

《冷气》创作于 1926 年 2 月，被《诡丽幻谭》拒稿后，发表在一份冷门杂志《魔法与秘密故事》（*Tales of Magic and Mystery*）1928 年 3 月刊。根据 S.T. 乔希所述，这篇作品与现实存在很多交集。首先，故事场所原型是洛夫克拉夫特的朋友乔治·柯克在 1925 年短暂居住过的一栋褐色砖石建筑，位于曼哈顿 317 西第 14 大街。而文中出现的氨水制冷系统则映射了普罗维登斯一家剧院的制冷系统，洛夫克拉夫特在家书中称赞过那家剧院的制冷效果非常好。

洛夫克拉夫特自称本作借鉴了亚瑟·梅琴作品《三个冒牌货》中的情节，但爱伦·坡的《瓦尔德马先生病例之真相》与本作也非常相似，恐怕无法完全排除对本文有所启迪的可能性。

《蜡像馆惊魂》

《蜡像馆惊魂》是洛夫克拉夫特为海泽尔·希尔德修改的第二篇作品，与《魔女屋中之梦》一同刊登在《诡丽幻谭》1933 年 6 月刊。他在信中说到自己几乎重构了所有情节，更是加入了一位全新的神祇，以至于它可以视作洛夫克拉夫特本人的创作。乔希指出这篇作品相当程度上模仿了洛夫克拉夫特自己的作品《皮克曼的模特》和《克苏鲁的召唤》。

有趣的是，后来《诡丽幻谭》1934 年 5 月刊的读者来信专栏《鹰巢》上有一封来信高度赞赏了《蜡像馆惊魂》，评价说："在这些诡异的场景中，其他维度的乱入者在主角面前跃然出现，我猜就算是……洛夫克拉夫特也很难超越。"这份来信的作者正是杰瑞·西格尔，著名美漫形象超人的创作者之一。

《穿越万古》

《穿越万古》是洛夫克拉夫特为海泽尔·希尔德修改的第四篇作品。它跟《蜡像馆惊魂》类似，同样被洛夫克拉夫特进行了大刀阔斧的改写。整篇作品可能只有"拥有活脑的木乃伊"这个点子是海泽尔·希尔德贡献的，其余部分全都是洛夫克拉夫特的创作。洛夫克拉夫特在改写中既借鉴了早年的邓萨尼风作品，比如祭司登山面对邪神迦塔诺托亚这一段就十分类似《蕃神》的内容，类似于邓萨尼的佩纳伽神话中常见的人类与神明之间的互动，也结合了很多属于自己风格的东西，比如各种禁忌古籍和考古学者式的人物，尤其是伦道夫·卡特伪装成的查古拉普夏大师。

——无形的吹奏者

度量衡

1 英寸 =2.54 厘米

1 英尺 =12 英寸 =30.48 厘米

1 码 =3 英尺 =91.44 厘米

1 英里 =1.609 千米

1 海里 =1.852 千米

1 加仑（美）=3.785 升

1 盎司 =28.35 克

1 磅 =16 盎司 =453.59 克

1 英亩 =4047 平方米

华氏温度　华氏温标的标度，用华氏度（℉）表示，与相应的摄氏度（℃）的转换关系是"华氏度 = 摄氏度 × 1.8+32"。

斯泰底亚　古代度量衡单位，各地区有所不同，大致在 175 米到 210 米之间。

腕尺　古代度量衡单位，各文化有所不同，大致在 0.45 米到 0.525 米之间，约等于人类前臂的长度。

图书在版编目（ＣＩＰ）数据

克苏鲁神话. 克苏鲁的召唤 /（美）H.P. 洛夫克拉夫
特著 ; 屈畅 , 赵琳译 . -- 北京 : 中国友谊出版公司 , 2023.5
ISBN 978-7-5057-5500-0

Ⅰ . ①克… Ⅱ . ① H… ②屈… ③赵… Ⅲ . ①神话—
作品集—美国—现代 Ⅳ . ① I712.73

中国版本图书馆 CIP 数据核字 (2022) 第 248215 号

书名	**克苏鲁神话·克苏鲁的召唤**
作者	〔美〕H.P. 洛夫克拉夫特
译者	屈 畅 赵 琳
出版	中国友谊出版公司
发行	中国友谊出版公司
经销	新华书店
印刷	北京世纪恒宇印刷有限公司
规格	880×1230 毫米 32 开
	8 印张 160 千字
版次	2023 年 5 月第 1 版
印次	2023 年 5 月第 1 次印刷
书号	ISBN 978-7-5057-5500-0
定价	58.00 元
地址	北京市朝阳区西坝河南里 17 号楼
邮编	100028
电话	（010）64678009

如发现图书质量问题，可联系调换。质量投诉电话：010-82069336

那古老的生物是谁或是什么东西，我一无所知，
但我必须重申，这座城市完全死透了，充斥着无法料想的病毒。

————————